"十三五"国家重点图书出版规划项目

西班牙语文学译丛
尹承东 主编

孤独的卡门

Nuestra Señora de la Soledad

〔智利〕马塞拉·塞拉诺 著
牟馨玉 译

中央编译出版社
Central Compilation & Translation Press

图书在版编目 (CIP) 数据

孤独的卡门 / (智) 马塞拉·塞拉诺著；牟馨玉译．
—北京：中央编译出版社，2020.6
书名原文：Nuestra Señora de la Soledad
ISBN 978-7-5117-3864-6

Ⅰ. ①孤⋯ Ⅱ. ①马⋯ ②牟⋯ Ⅲ. ①侦探小说－智利－现代 Ⅳ. ①I784.45

中国版本图书馆 CIP 数据核字 (2020) 第 041024 号

Nuestra Señora de la Soledad
©Marcela Serrano
c/o schavelzon Graham Agencia Literaria
www.schavelzongraham.com
Simplified Chinese translation copyright©2020
by Central Compilation and Translation Press
All rights reserved.

孤独的卡门

出 版 人：葛海彦
出版统筹：贾宇琰
责任编辑：苗永姝
责任印制：刘 慧
出版发行：中央编译出版社
地　　址：北京西城区车公庄大街乙 5 号鸿儒大厦 B 座 (100044)
电　　话：(010) 52612345（总编室）　(010) 52612335（编辑室）
　　　　　(010) 52612316（发行部）　(010) 52612346（馆配部）
传　　真：(010) 66515838
经　　销：全国新华书店
印　　刷：河北下花园光华印刷有限责任公司
开　　本：880 毫米 × 1230 毫米 1/32
字　　数：109 千字
印　　张：6.25
版　　次：2020 年 6 月第 1 版
印　　次：2020 年 6 月第 1 次印刷
定　　价：35.00 元

网　　址：www.cctphome.com　　邮　　箱：cctp@cctphome.com
新浪微博：@中央编译出版社　　微　　信：中央编译出版社 (ID：cctphome)
淘宝店铺：中央编译出版社直销店 (http://shop108367160.taobao.com) (010) 55626985

本社常年法律顾问：北京市吴栾赵阎律师事务所律师　闫军　梁勤
凡有印装质量问题，本社负责调换，电话：(010) 55626985

译序

继《我们如此相爱》和《十个女人》之后,马塞拉·塞拉诺于1999年出版的侦探小说《孤独的卡门》将再次为中国读者讲述拉丁美洲女性的故事。

小说围绕一起作家失踪案展开。故事以20世纪70至90年代的智利为主体背景,同时还穿插了墨西哥、美国和印度的故事情景。小说中,著名女作家卡门凭空消失,警方调查无果,54岁的私人侦探罗莎·阿尔瓦雷接到任务负责调查此案。女侦探罗莎通过调查卡门的朋友和亲人,同时不断在她的作品、笔记和过去的采访中找寻蛛丝马迹,逐渐触及她的内心世界,理解她心中的矛盾与渴望。

小说以罗莎的口吻讲述,凭其"天生的女性直觉"窥探卡门的内心,正如小说家卡门笔下的人物——侦探帕梅拉·霍桑认为,"在刑侦中,女性比男性更敏锐",因为她们拥有"对真相的非客观感觉"。读者跟随罗莎的脚步,抽丝剥茧,一步一步抵达案件真相。最终，罗莎在找到了改头换面的作家之后便离开了，也许对于找她的人来说案子依然未结，但罗莎选择了理解，因为对于卡门来讲，在经历了爱情、抛弃、暴力、绝望的人生之后，开启新的人生才是她所希望的。

《孤独的卡门》是马塞拉·塞拉诺第一次以侦探悬疑的形式创作，讲述女性的不安与焦虑，还有被现实和梦想分裂的内心。该作品沿袭了作者一贯的风格，即在人类各种孤独当中，寻找最孤独的那一种——那种独特的、幽深的、女性的孤独。"有几年我一直沉浸于黑色小说，扣人心弦的故事让我以为自己就是神探菲利普·马洛或者萨姆·斯佩多"，"如果让我选择去查案，我会选一个失踪的女作家"。这是一部成功的侦探悬疑小说，故事讲述紧凑连贯、一气呵成，作者真实地再现了女性的处境和找寻自我的过程。

马塞拉·塞拉诺是一位专注于讲述女性故事的女性作家，但她否认自己为女性写作，"说我为女性写作是激烈的性别歧视"。确实，真正的文学，必定是为全人类而写，没有专门为女性写作或者为男性写作的文学。塞拉诺的作品就是为人而写，她所创造的文学空间，为我们提供了一种新的思考体验，对人类根本问题最真挚的追问，闪耀着作者智慧和怜悯的光辉。拉美文学大师、墨西哥作家卡洛斯·富恩特斯曾称这位智利女作家为《一千零一夜》中"山鲁佐德的继承者"，"因为有她这样的作家，生活永远不会完结"。

献给卡琳·瑞德曼,莫妮卡·埃雷拉,埃莉萨·卡斯特罗。致一切生者。

目 录
Contents

一	004
二	009
三	014
四	022
五	029
六	036
七	039
八	047
九	049
十	055
十一	059
十二	068
十三	075
十四	083
十五	096

十六	109
十七	116
十八	124
十九	129
二十	136
二十一	140
二十二	145
二十三	158
二十四	165
二十五	174
后　记	182

相信我，这个世界不会送你任何东西。要想获得一种生活，那就去偷。

——露·安德烈亚斯·莎乐美

一个疯子,她是疯子,在桌子上跳舞的那个女人是个疯子,众人如此说道。

当初要是这幅场景画下来,便是他得到的跟她相关的第一件物品了。一双强健柔韧的小腿,被黑色的拉丁舞袜勾勒出完美的线条,白皙的肌肤被勒出成千上万个小三角,从侧面看就像一副微型棋盘,旋转的舞姿中一颗颗钻石闪闪发光。再看那宽大的红色裙摆,正在人们的头顶飞旋,披肩的卷发在舞步中变得越发凌乱,嘴唇上已经渗出了汗珠,踏着音乐的舞姿干净利落,她双脚赤裸,目光注视着下面热火朝天的人群,墙上打着玫红色的灯光,这些人背对着墙,龙舌兰是一杯接一杯地下肚,处处欢声笑语,香烟和大麻把四周弄得烟雾缭绕,酒气熏天,整个场地拥挤不堪,令人窒息。服务生正端着酒杯小心翼翼地朝里挪,生怕洒出一滴,实在不好进,桌子和椅子挤在一起挡住了前面的去路。他手中的小酒杯,形如缝衣服的顶针,透出一种说不清的蓝色。这些都与她无关,突然,她闭上双眼,世界瞬间定格在一幅矩形的画面里:一双强健柔韧的小腿,被黑色的拉丁舞袜勾勒出完美的线条,白皙的肌肤被勒出成千上万个小三角。

一切就装在这幅画里。

告别了次日清晨,他竟大胆地去找这个假冒的舞女,问她究竟想要什么。

"在世界的某个角落,拥有一座房子,蓝色的房子。"

咚咚,皮球在地上弹,小男孩儿们抢球,小女孩儿站在旁边看啊,看啊。她不抢,就在一旁看着他们抢。

一

没错，现在看来，大家选我是因为我是女的，而且我对墨西哥非常熟悉。但这并不表示，我接到这个案子会有多么喜悦。其实是假的，我现在不仅高兴，甚至还觉得自己很重要。我承认，当时老板把大家叫来，当众指定我为负责人时，内心的骄傲与自豪之感油然而生。所以不是不高兴，只是我有点儿紧张，感觉超出了我的能力范围。

散会后，同事带着既羡慕又吃惊的神情问我："接下来，你打算怎么办？"我看了看怀里的文件袋，像机密文件似的，鼓鼓囊囊，然后，我长叹了口气。

我紧紧地抱着这些文件，像个宝贝似的。在大教堂街南路，我打了一辆出租车。能这么奢侈一把，也是觉得自己接手了新案子，应该犒劳一下自己，至于那些本来要坐公交去做的事情，我也推后了。反正晚点儿去洗衣店和超市，也不会丢了小命。看着恐怖的圣地亚哥交通，我仿佛是一个旁观者。车辆穿来穿去，我也权当与自己无关。车一辆接着一辆，即使有人也不会停下，它们就像旋转木马一样，朝着这些可怜的路人奔涌而来。正值1月份的一个下午，夏天的热浪一直不退，像人一样磨磨唧唧。但不会对我产生影响。我刚度假回来，已经休息够了，大海也看够了，觉也睡够了，在海里也泡够了，每晚的阅读也读够了。"够了"不过是一说。实际上我永远都休息不够。我之所以这么说，只是觉得自己现在充满活力，城市里焦躁和愤怒的环境都奈何不了我，炎热的天气自然也不在话下。

电梯还是不能用，这个铁笼子。于是，我决定把这一身骨肉从黑如洞穴的楼梯送上去，得爬四层。我只能委屈自己说，运动一下也没什么不好。

一进家门，我把文件扔到沙发椅上，一边朝厨房走，一边大声地喊："我回来啦！"两个孩子平时也是这样。

准备煮咖啡了。我边倒水边想，还是煮一壶吧，能多喝几次。我把餐盘和文件拿到卧室，正准备关起门来干活，我又开始伤心家里居然只有三间卧室，当初准备给自己一张办公桌，或者让两个孩子住一间，反正由我自己做决定。结果却是，这么多年我竟然一直在床上工作。

"妈妈！这个点儿了，你在干什么？"

是罗伯托，这孩子个子一天比一天高，也越来越不修边幅。

他一脸倦意地站在走廊，衬衫露在了裤子外面。

"我有很多工作要做，但是办公室里太吵了"，我吻了吻他，一边解释道，"去洗把脸，宝贝，然后继续学习吧。你负责接一下电话，有人找我就说我不在。"

"你有新案子了，发现……什么有趣的了吗？"

这次轮到我没有搭理他。平时他拿回来的东西，都是他不回答我。我关上门，在床上用几个抱枕给自己找了一个最舒适的姿势，然后心急地打开了文件袋，那种急切甚至已经到了狂热的程度。我打算多看几遍材料，不行就背下来。就好像似乎某个人就藏在这几页纸里似的，即使是最小的细节也要找到。文件有一个标题，还算醒目：C.L. 阿维拉。

C.L. 阿维拉。

我把名字拍了一张照片。

原来是个神秘莫测的女人。

说她年轻不大准确，跟我比还行。计算一下，她应该有四十三岁，在孩子们看来也不算年轻了。所以应该说，她是一个中年女性，但是表情里依然流露着青春。她有着栗色的头发和眼睛，外表不算特别精致，但是很利落。她的眼神里充满故事，但瞳孔的光芒却是坚定的。

我惊讶于她的眸子里竟能同时流露出成熟的坚定和年轻的活力。这是一张干净却疲惫的面庞，看起来不太好亲近。她的皮肤很白，但没什么光泽，那一对凸出的颧骨倒显得很有生气。不管我那两个孩子怎么说她不够年轻，她那脖子可真是年轻人才有的：没有任何人工雕琢的不自然感，也没有任何修饰和遮挡。

她的唇瓣不大，且纹丝不动，连一丝笑容也没有。嘴边有两条皱纹，就像刻上去的一样，从鼻翼两边一直延伸而下，看来她以前经常笑，相比生活里充满了快乐。刚才说了，她的头发是栗色的，而且又卷又密，落在一双自然下垂但不够齐的肩膀上。没有耳环，也没有戒指。她身穿一件宽松的圆领衣裳，领口很大，但看不出来到底是连衣裙，还是衬衫，或者仅仅是一件T恤，因为照片上只有上半身。镜头竟然只截取了半个身子。矩形的绿色背景很模糊，看起来是在户外，可能是灌木或者是某种枝叶茂盛的植物。她坐在一个白色扶手椅上。拉近看一下，椅子上锻造的花纹和上等庭院里的椅子是一样的。扶手上搭着她的胳膊肘，一动不动，专注，或者说是乖顺。然后手撑着下巴，给人一种遥远而迷失的感觉，好像沉浸在自己的世界里，禁止一切外人进入，拒绝一切外界的邀请。我猜她的另一只手放在裙子上，但正如我刚才所说的，照片不完整，所以无法确认。

感觉她看镜头的时候有点无聊。看不出她想表现得高兴一点，一丝表情都没有。就好像人根本不在那里，她的表情里到底是好还是不好，根本读不出来。

　　光滑的照片右边，靠边的位置，用蓝色油笔写着：1997年10月。估计是她最后一次照的。

二

　　托马斯·罗哈斯校长住在安第斯山脚下的富人区。九点整的时候,我透过黑色的铁栅,一看到他家格鲁吉亚式的外墙,便打消了本想数一数朝着庭院和草坪的这一面一共有多少扇门和窗户的念头。幸亏那天早上我穿了一条连衣裙,外面还搭了一件亚麻的天蓝色西装。

　　"出于隐私,我没有跟您约在办公室,而是家里。您不介意吧?"他问我。在这之前,或许是出于礼貌,他向我握手,那只手很冷。他带我到会客室,在一楼的一间屋子里,光线很好,温度也是设定好的,落地窗,还有高档木料制成的真皮扶手椅,一看就是定制的。

　　他叫保姆拿两杯咖啡,就是给我开门的那个女的。他在我对面坐下,两腿交叉。如果他心里不安的话,自信的外表却足以掩饰一切。此时我非常想抽支烟,但还是忍住了,因为不想给他留下不好的印象。我也不敢靠在松软的沙发上，就那样一直端坐在沙发边，腰背挺直，双脚严肃地并在一起。

"警方也没办法了。虽然他们没有告诉我，但我能看出来。这都过去两个月了。"

"所以您才来找我们，我想。"我回答说。

"没错。有几个朋友之前跟我提过你们，我觉得或许你们能有更多发现。我也不知道……只是希望如此。"

"好。那我们何不从头开始？请您谅解，先生，虽然我们对情况已经有了了解，但还是需要您把整个事件再讲一讲。"

"我知道。"他带着疲倦的口吻说道。

他摸了摸下巴，抚弄起自己灰色的络腮胡，一看就是精心修理过的。接着，他摘下眼镜准备擦一下。他擦得很认真，这时我才真正看到他的眼神，是没有任何遮挡的眼神。从他的表情里，我能看到一个非常善于掌控自我权威的男人，并且还要旁敲侧击地让旁人注意到。不知为什么，这让我想起某个骑士雕塑。

保姆进来送咖啡，打断了这短暂的沉默。她身形健壮，身上裹着一件很大的黑色围裙。在他说出"谢谢，乔治娜"之前，本该随后开口的我却先说了。我看着他往杯子里加了足足三勺糖，确实有点儿多了。他一边搅拌的时候，勺子和瓷杯碰撞发出的声响扰得我差点分神，这时，他终于开口了。

"那是去年11月26日，星期三凌晨……"

"1997年。"我强调说。

"那天,我爱人乘坐美联航的飞机从迈阿密回来,我去机场接她。飞机是准点到的,但是她一直没到。我想她可能错过了航班。但我心里其实是失望的,因为她居然没提前告诉我。她应该是在前一天晚上,在迈阿密上飞机,绝对有时间给我打电话。好吧,这只是我一瞬间的想法,我并没有很在意这件事。然后,我回学校等她的消息,结果没等到……"他突然顿了一下,如果是别人的话,可能听起来像演戏,但是他恰当地补了一句,"直到现在都没有。"

"她去迈阿密参加国际书展,对吧?"我按照惯例对所获得的信息进行确认,"她的确去书展了,在迈阿密海湾的洲际酒店住了五个晚上,一直到25号晚上,也就是星期二。她如期办理了退房,和大厅的其他几个作家告别之后,她坐上了在酒店门口等候的出租车。司机确定说把她送到了机场。这个司机是最后一个说见过她的人。我说得对吗?"

"没错。既然您都背下来了,为何还让我讲?"言语和神情中,带着些许或一丝丝诙谐。

我微微笑了一下,接着他的话讲下去。

"对不起,我必须这样做,智利警方就此案已有了一些进展,他们联系了国际刑警,调查了从那天夜晚起,我估计是截至今日每天晚上的航班。她都不在其中,至少是没有找到她的名字。在整个佛罗里达州,警方也没找到任何具有相应特征的女性,无论是活人还是尸体。"

"整个国家都没有找到,"他补充道,"美国警方已经协助做了所有能做的。"

"好吧,这是他们最起码应该做的……不管怎么说,人是在他们那里消失的,更何况失踪者还不是普通人。"(当他表示认同的时候,我紧咬了一下嘴唇,心想:如果老板听到我刚才说的话,肯定会说:不要发表自我观点,只说事实,说事实。)

"别忘了她父亲是美国人,所以她也有美国国籍,"他补充道,"她一半的血统是美国人的。"

"是的,那当然。罗哈斯先生,请您告诉我,"我直视着他的双眼问道,"您的预感呢?如果您有的话。"

"她还活着。"

死一样的沉寂。这时,我的一个略显俗气的问题打破了这段沉默。

"她在美国的时候,五天之内取出了她在纽约账户的所有钱,对于这件事您有什么想法?"

"没想法。这并不重要,"他的目光也在告诉我答案,"她对那家银行的服务不满意。走之前还跟我讲她想换家银行。"

"显然她没这样做。但是这件事**很重要**,因为失踪时,她身上带着一大笔钱。"

"没错。"

又是沉默。当然了,得由我负责打破它。事情的背景我已经了解得够多了,这时候我需要的是有种灵感。

"那您为何认为她还活着?"

"我不是一个感性的人,阿尔瓦雷女士。我一直认为她还活着,因为没有相反的证据。也就是说,没有发现她的尸体。"

好吧,我对自己说,至少这个形同虚设的家人还不算一字千金。我再一次向他发起攻击。

"那您觉得她到底发生了什么?"

"一般我都试着不让自己去预感什么事情。但有时候……唉,我就直说吧:有时候我会想起游击队。"

"游击队?!"

"我感觉她被绑架了。"

三

"托马斯先生现在不在了,我们可以好好谈谈吗?"

"就这样,乔治娜。您所说的一切都有可能帮助我们了解事情的真相。"

我们坐在C.L.阿维拉的办公桌前,这应该是家中唯一一个属于她自己的地方。我无法将这个豪宅和这位作家的样子联系在一起。印度风的坐垫,还有这些看起来廉价的抱枕,坐在这里真是舒服极了。乔治娜坐的扶手椅——现在轮到她挨着边缘坐着了——皮子已经破旧了。用了一半的香薰静静地搁在一块小木碟上,旁边摆着好几个烛台,每个都设计独特,而且底座很宽,上边的蜡烛都是燃烧过的,因为底座有很多蜡。这些物件都不是简单的装饰物,它们都是有生命的。一棵陶土色的墨西哥"生命之树"是这间屋子最重要的摆设。我注意到"树"上有一个魔鬼,正嘲弄似的等着下面的一条蛇,这条缠绕在树干上的蛇就像一个炽热的情人。该隐和亚伯正设法夺取亚当和夏娃的主导权,而亚当和夏娃正从一片枝叶后面溜走,一个骷髅追在后面哈哈大笑。我克制住自己的回忆,墨西哥我太熟悉了,那是一个擅长运用色彩的国家,一个信仰死亡的国家,但现在不是我再现墨西哥印象的时候。

"实际上,这话说起来尽管不大中听,但我真的没想到卡门夫人会成为我的雇主。"

"为什么呢?"

"要想当雇主,就应该有领导力,希望得到大家的尊敬。但是她什么都不在乎。永远钻在这间屋子里……早上我开窗的时候您都不知道屋里那个味道。也不知道她抽了多少支烟!"

"您什么时候来这儿工作的?"

"比她来得早多啦。托马斯先生和阿莉西亚夫人还是夫妻的时候我就在这儿了。那时候这里还有个家的样子。可怜的阿莉西亚夫人……您不知道她受了多少罪……托马斯先生一夜之间就把她抛弃了。然后就这样结束了……"

"他们分开后您怎么不跟着她干呢?"

"人是有该他承担的责任的,夫人。况且这里的工资比别处多一倍……这里唯一好的就是有小维森特,我是真喜欢他。他十四岁来到这儿。是我把他拉扯大的。"

她捏起抱枕上一根正在舞蹈的绒毛,然后双手抱住头。

"您知道我有多少次看见她在这儿睡着?就是您坐的这个沙发床。每次她熬到很晚的时候就在这儿睡。我不明白她哪儿来那么多事情要做。"

"是写作吗?"

"但这算不上工作,不是吗?什么时候写作和劳动成一回事了?阿莉西亚太太每天早上七点起床,哪怕下雨也不变。出门之前她会通知我,还会告诉我该做些什么,午饭和晚饭都由她安排。您以为卡门夫人知道该怎么安排这些事情?'你看着办,乔治娜……'她就这么说一句。她不记得我们给园丁付了多少钱,从来不清楚安德烈娅什么时候来洗衣熨衣。'乔治娜,安德烈娅今天来吗?''不,夫人,今天是周三。'从八年前起,安德烈娅就是每周二和周五来,您看,是不是?阿莉西亚太太每六天就用手指摸一下窗户看有没有灰。您觉得卡门夫人什么时候会关心这个?每次她跟我讲不要让她接电话,她正在工作……可我怎么跟打来电话的人说?如果电话一直响,又是从很远的地方打来的,比如德国、西班牙、阿根廷,我就很担心。那么远打过来我怎么能不叫她?您注意到这些电话有多贵了吧?您知道吗?她最后一次出差前,我天天为接电话担心。有一次我打断了她,您知道她怎么说的吗?'电话是个下流的东西。'她的眼睛微缩,看起来非常冷酷,真的。每次来电话她就心里一紧,好像被打过一顿似的。不太正常,对吧?"

校长去学校了,我掏出烟,问她要不要来一支。

"好吧,给我一支。"

印象中,对于贫穷的人,不用看他是否吸烟,而是有人给他们就要。我给她把烟点着后,她吸了一口,但似乎没吸上。她坐在皮椅上更加放松起来,跟刚才小心翼翼地送咖啡时相比,现在看起来轻松多了。

"她来到这里是九年前的时候了,看着就像先生的女儿,哪里像他的妻子。不是因为年龄,是外表……那长头发乱糟糟的……嬉皮士风格的衣服……先生要求她把头发剪了,她差点趴在桌子上哭起来。她来了之后,托马斯先生把家里重新布置了一番,估计是不想和阿莉西亚在家的时候一样。还给她打造了一间更衣室,衣服都是他来买。但她一回家就换衣服,因为她只喜欢大长袍。而托马斯先生是最在乎衣着的,有时候一套衣服被他退回来好几次,因为他觉得没熨展。就连运动服我都要给他熨一下,否则他就发火。他还修指甲呢。而卡门夫人呢?从来不涂指甲,您知道吗?真的是从来不涂。连女人们都关心的化妆,她也不喜欢。还有,她不喜欢布迪。"

"布迪?"

"是条狗。我把它拴起来了,您走之后再放出来,比较凶猛。阿莉西亚太太住这儿时,我们养了好几条狗……他们很喜欢。因为在家里,他们之间没有肢体接触,所以就摸一摸狗……但阿莉西亚太太把它们带走了。"

"他们经常待客吗?"

"托马斯先生很喜欢待客……她不喜欢,来的客人都是先生的,没有她的客人。在家用晚餐的客人十分正式,穿得特别讲究。他们把卡门夫人像饰品一样安排在首席,来的人总希望认识她。是因为她的书,您明白吗?因为托马斯先生想给大家展示她。卧室?她从来不用,真不明白我干吗要一遍又一遍地打扫……她所有的生活都在这间屋子里,反正在圣地亚哥的时候她就是这样,因为她经常出差。每次回来她都累得要命,还说她太忙了……"

"记者来得多吗?"

"多,但跟来电数量比,还不到一半……"

"有什么朋友会来看她?"

"马丁先生偶尔来,他只要威士忌,不过人很亲切,您认识他吗,那个作家?"

"还不认识。"

"好吧,那我说说我以前经常讲的吧。他这个人好笑得很,每次来家里都是为了吃顿午饭。'乔治娜,今天给我准备了什么好吃的?'我一开门就这样问我。另外,吉尔女士来智利时会住在这里,她们俩关在屋子里一聊就是好几个小时……您认识她吗?是个美国人。吉尔女士现在就在智利,不知道为什么去住酒店了。吉尔女士长得金发碧眼。她在家里住的时候,您都不知道她一天要买多少东西……邮递员每天都来送东西,全世界哪儿的东西都有。"

"她的朋友不多吗?"

"特别好的,好像没了,除了吉尔女士。好吧,经常来的有克劳迪亚小姐,您知道的,是她的助理。她顶替了格洛里亚小姐……我很喜欢格洛里亚,那么单纯,在这儿干了很久,结果突然就不来了。好像因为发生了什么事情。太遗憾了,大家都很喜欢她,她还是卡门夫人的亲戚,您知道吗?"

"不知道,第一次听这个名字。但我知道克劳迪亚,是卡门的现任助理。"

我记住了格洛里亚这个名字,新出现了一个人物,与此同时,乔治娜还在激动地扮演着她的主角。

"我没打扰过克劳迪亚小姐,每天早上来待上两个小时。不管夫人在不在,她一来就钻进这间屋里,然后开始工作,那段时间由她负责接听夫人的电话。走的时候,她把传真机旁边那个小机器放好,不知道那个鬼东西该怎么用……糟糕的是,她一走,家里电话就开始响,一次又一次地打断我……卡门夫人经常在外面吃午饭,她每次都告诉我她跟谁一起吃饭,但我这记性怎么都记不住那些名字。估计她去看朋友了。有时候她会把自己收拾得好点儿再出门,说是有工作会议,那些会似乎都在午饭时间。回来之后,她要休息一下,她说她在墨西哥养成了午休的习惯。她经常去墨西哥,这个您知道吗?她以前在那里生活过。运气真好!您还记得佩德罗·因方特和豪尔赫·内格雷特的电影吗?自从我在圣地亚哥影院看了之后,我就特别想去看看这个国家……电影下线之后我可伤心了!好吧,夫人在那边的确有朋友,好像是的,就在墨西哥。每次她出远门,我就对她特别有好感,因为她总会给我带一些好东西,比如米格尔·阿塞维斯·梅西亚和佩德罗·巴尔加斯的光碟……有一天,您知道她给我带了什么吗?一部坎廷弗拉斯的电影,还有一部是萨拉·蒙铁尔的……还记得《卖香堇的女人》吗?她送过我一个光碟。夫人确实去过那里……很长一段时间我都很感激她能去墨西哥。"

她眼里的那抹阴云淡去了,哪怕她自己不愿意,连她凸起的颧骨似乎都舒展了。我要借此机会问问她托马斯先生,看能不能趁她心里没准备的时候套出来点儿东西。

"他们从来不打架,从来没有……看在上帝的份上,我说的是真的!我向上帝保证,看见没?"

乔治娜肯定坚信自己说的都是有利的话,但是生活早就教会了更多。

"卡门夫人应该感恩,没人能如此爱她!她有先生给予的安全感。先生很宝贝她,就像对待一件瓷器一样。他们唯独在托马斯先生买的那座房子上有过争执……"

"什么房子?"

"在海边,就在卡查瓜。有一次我听先生提议说,他们应该去那边度暑假,他是为了别人而去的,而卡门夫人压根儿不喜欢那儿,就没跟着一起去,她还说先生他们在那边只知道搞社交。不过,除此之外,他们从来相敬如宾。每次收到邀请,先生收到的邀请太多了,她二话不说都陪着去……我看她其实无聊得很,但也不说什么,每次都去。如果卡门夫人的问题不是因为托马斯先生的话,那他对卡门夫人真是太好了。"

"那是什么问题?"

"她总是活在另一个世界。看得出来她活得很不容易,就像让她必须担起一些责任时,她就很痛苦。听她说,以前从来没人给她教过这些……她不想承担任何责任!就是这一点,她什么都不管!"

四

回家的路上,因为暑热,公交上臭烘烘的。我的手和脖子也变得黏糊糊的。就连裆部也在冒汗,但正好被蓝色亚麻西装的褶皱遮住了。不不,不是因为肥胖,是这令人窒息的酷热……我第一次有些理解加缪在《局外人》中描述的人物了。

我在普洛文斯亚站下了车,朝着"杂货铺子"那边走去,那里有很多不错的书店。我走进一家,找到了C.L.阿维拉的所有小说,一共五本。

"又一个粉丝?"售货员逗趣地问我。

"有很多吗?"我问道,心里已经猜出了答案。

"成千上万!自从她失踪之后,读者更多了。"她微笑地回答道。

我是自费买的,因为不确定办公室是否同意重温一下她的每一部作品,或许他们觉得没用。不管怎样,我自己也希望拥有这些书。以前每次买到她的书，朋友们就拿去传看，一本都没收回来。尽管我必须承认自己也有不还书的毛病，但绝对不是故意的。

从里昂街走到意大利广场，一路上，我看完了每本书的出版日期和献词。十二年，总共五本小说。我想，作为一名女性，刚刚走过生命的一半，写出这些书不算低产了。她的第一本小说《逝者无言》于1984年出版，有献词，但依我拙见，言语有失庄重：致爱人，我的小傻瓜，小朋友。应该是那个游击队员，前一天看文件的时候，这个人折磨了我一宿，现在他又浮现在我的眼前。没错，应该是写给他的。第二本小说《砍尽杀光的不毛之地》是写给亲人的。致维森特和简姑妈：不分离。（跟情人比起来她对亲人似乎更朴实）。第三本，《美丽的玫瑰丛间》是写给托马斯的，两人在上一本小说出版之后和这本小说之前认识，版权页那里正好写着1991年。致托马斯：终于！（终于什么？）第四本叫作《即将到来而沉睡的事情》，致词写道：致托马斯，此生、来世和再世。第五本的致词还是很简单：致吉尔，无论身在何方。日期很近：1996年。我觉得这本可能是我最感兴趣的，一读书名，叫作《奇怪的世界》。

我正担心她再也没有新书送给读者的时候，心头一惊，从某种程度讲，这件事取决于我。我在想，到时候，无法接受这一事实的出版社、近乎疯狂的经纪人、绝望的卖书人、心痛的读者，将会毫无理智地要求官方为其夺回自己的权益,似乎 C.L. 阿维拉归他们所属。整个市场的齿轮会陷入混乱:震惊,然后窥伺。至于我,罗莎·阿尔瓦雷,则挺身而出,担此重任。我当初是不是疯了?

1月的太阳穿过密闭的公交车窗,我忍受着太阳的炙烤,为了不再继续想下去,我只好想想别的,比如在墨西哥国立自治大学的时候,我去旁听文学课的那段记忆。当时我的法律知识尚无用武之地,一家人的口粮都得靠我丈夫。想必正是那段时间的阅读和分析,这起离家出走案的侦破才稍显顺手。今天是我第一次运用当时所学,感谢那段经历。

安娜·玛利亚是托马斯·罗哈斯校长的女儿,她明天才到圣地亚哥。维森特,五天之内都见不到他。至于卡门的助理,克劳迪亚·霍夫曼,现在还联系不到,估计度假去了,要等到3月份才能找到她。在南美洲,南回归线以南的地区,1月份不适合开展工作。唯一比这惨的就是2月了,那时候,整个省都会成为一片墓地。

早上连续几个小时没吃东西,只在校长那儿喝了三杯咖啡,回到家,我犹豫着要不要再煮杯咖啡,但最后还是选择了来一瓶冰啤，是普通的"盾牌"啤酒，不是在墨西哥城喝的"双X"。我打了两个电话，一切都很顺利。接下来，我有四个小时的时间看一下书，然后又要出门。我需要了解C.L.阿维拉的思维特点。家里没有空调，我只好把电风扇打开。

C.L.阿维拉曾对记者说，在黑色小说中，一切都不是我们所看到的那样。所以，这类小说很适合我。当然了，C.L.阿维拉的书房里有很多这类作品。托马斯校长带我去她的书房时，看到书架上有那么多书，我竟不免有些嫉妒。她笔下的英雄侦探帕梅拉·霍桑，也是律师，我们干的工作也差不多。当然了，我的工作很无趣，我也不像帕梅拉一样，对这份职业充满热忱。当时国家刚刚开始走向民主制，我满怀着希望回国，然而接连失败，所以才走上这条路。帕梅拉既没在人权组织工作过，也非出于一心想帮助同类这种简单又疯狂的理由而学习侦查。如果我继续比较下去，不一样的地方还有很多。她既不是两个孩子的母亲，没有在地球的另一半离开自己的丈夫，也没有自己一个人除了养家糊口还要打理家中一切事务。当然，最关键的是我没有霍桑小姐三十岁的黄金年龄。

然而，再回到C.L.阿维拉作家的书架，看来她有寻找写作灵感的对象。我至少数出二十本帕特里西亚·海史密斯的作品，P.D.詹姆斯的大概有十本，钱德勒全套，哈梅特全套，这一套没占多少位置。还有其他我不知道的作家，比如罗斯·麦克唐纳、切斯特·海姆斯、苏·格拉夫顿,还有一些我没记住名字。我沿着书架往前走,所有书都是按顺序排列的,我还发现了巴斯克斯·蒙塔尔万、路易斯·塞普尔维达的书。我感觉这个路易斯·塞普尔维达和C.L.阿维拉像是朋友,二人在智利问题以及黑色小说方面的一致性足以证明这一点。书柜上居然没有一本阿加莎·克里斯蒂和乔治·西默农的作品,估计她想显示出自己的不同。我想起我唯一一次见到C.L.阿维拉是在智利大学的一次讲座中,她专门针对黑色小说和侦探小说的区别作了讲解。这段回忆很有用。我崇拜西默农,是他不止一次把我从困境中解救出来,无论是遭遇飞机延误还是在失眠的夜晚。但那又能怎样,我想,作家有她自己的想法。还有一个书架,和刚才那个书架是分开放的,里面是世界文学,因为这些书不属于黑色文学,它们按照国别排列。看到墨西哥那一片的书名,我仿佛瞬间找到了知音。里面的很多书我也有,然而我没能将这些书带回到智利来,它们在墨西哥城,直到现在还放在我丈夫的书架上。

"好多好多书啊!"这间再普通不过的屋子,虽然里面的东西简直让人无法原谅,但我还是抑制不住内心的激动。

"写书是这几年才有的,认识她的时候还没有呢,"托马斯回答道,语气里带着主人式的自豪,"那时候她一无所有……"

"但您认识她时,她已经在写作了……"

"没错,但她的生活乱七八糟,什么都没存下,更别说有个稳定的家了……她在墨西哥和美国之间来回跑，因为维森特在美国，至于她在墨西哥的时候……好吧，反正就是她有太多想要的。"

"你是想告诉我她拿着行李箱就搬到智利来了？"

"再具体一点儿，只拿着一个行李箱……她拎着箱子出现在家里的那天，也就是我们结婚的时候，我接她的时候很震惊。'这是你的全部家当？'我问她。她是这么回答的：'怎么了，难道太多了，还是太少了？'"一股温柔浮上了他的目光，却如此短暂，这是我第一次在他眼中看到这样的目光，他却立即把这种温柔赶走了，好像温柔会让他变得软弱似的。

"对了，"他表情一变，转回到自己的话题继续说，"如果您需要的话，可以自由出入这间屋子，她走了以后，这里没有动过。"

"笔记和日记这些，她经常写吗？"

"生活日记没有。但她每次写小说，或者准备小说的时候会作记录，也算是笔记吧。都在第二个抽屉里。如果您不介意的话，希望您就在这里看。"

蹭地一下，我把手伸向那个抽屉，就像弹簧一样。里面只有两本，装订得当然很好。我当时觉得，如果再找找，应该还能找到几本。不过，丈夫哪里知道妻子的私人物品放在哪儿。我随意翻开了一页，我需要知道她的笔迹。这世上只有作家还使用钢笔,以前我们叫自来水笔。大公司的经理或国家部长当然也用,但也只是为了签字,不会拿来写东西,所以万宝龙和威迪文大多时间都得休息。像我这种普通人只用油笔和便宜的塑料圆珠笔,没有时间用那么精致的墨水或墨水瓶。

那些瘦长且有棱角的字体引起了我的注意,如此硬朗的字体就像出自男性之手。我读了一遍,立即便明白,她的任何一本笔记都没那么好懂。眼前这些零散的、极富概括性的语句难道是两个角色之间的对话?与帕梅拉·霍桑有关系吗?还是说,这些都是她自己的话,只是用文学笔记的无辜外表来掩饰其内心的渴望?

"威廉·布莱克说,放纵是通往知识的唯一路径。你看他早就知道了!"

"好吧,既然布莱克这么说了……"

五

"终于？终于正常了，终于稳定了，孩子终于有父亲了。一切终于过去了！这句献词意思很明显。"这位男作家一边用强调的口吻说，一边从凝着水汽的杯子里酌了一口威士忌。

相比跟托马斯·罗哈斯谈话，跟他谈话实在太不一样了。他的生活环境很随意，他的家、他的衣着、讲话方式、乱蓬蓬的头发，而且总是有一缕头发耷在前额，还有厨房里的脏杯子，客厅里乱堆的书和纸中间有几个积满烟灰的烟灰缸。在这里我可以抽烟了。

"你会怎么判断这段关系？"

用"你"来称呼可不是我的想法。工作的时候，我会尽力在礼节方面表现得不偏不倚。当我按了门铃、他出来接待我时，是他先用"你"来称呼的，他住在一套毫无奢华可言的小公寓里，就在市中心的森林公园对面，公园里没有一片落叶，因为夏天偷走了秋天的金色之美,这给公园带来一丝凄凉,变成了一片尘土,一片单调的迷雾。我猛然觉得好不现实,我坐在这舒适的客厅里,面前就是马丁·罗夫莱多·桑切斯,我最爱的本土作家。

"她不喜欢迎合别人,因为这不符合她爱冲动的性子,这一点我要说清楚。但是托马斯不这样认为,他会带着她去迎合别人。而那只是她尊重他、感激他,甚至害怕他。"

"请您原谅我提起一个话题,"那天早上我谨慎地跟托马斯·罗哈斯谈话,"但我必须知道您和她的关系到底如何。""很好,"这是托马斯校长的回答,而且脱口而出,"我们的婚姻生活很和睦。她在那边的日子可不是。阿尔瓦雷女士,请您仔细想想。"我一时没有追问下去,但心里很震惊,这么复杂的问题他竟然回答得如此果断,这下可难了!但他不像在撒谎。

"有一天卡门这样跟我讲:托马斯每日按时按点吃四顿饭,因为只有这样才能让新陈代谢保持所需的平衡。而她的生物钟就是自己的欲望,她想吃就吃,有时候是肚子饿,有时候就是嘴馋。可是慢慢地,她的生活习惯居然和托马斯一样了。"

他的眼里含有深意。

"或许卡门给了托马斯什么权力让他凌驾于她之上,但是,一段时间之后她想把他撤回了。"语气很坚定。

他陷入了沉思,我正好可以起身去旁边的厨房把烟灰缸倒了。等回到座位上,他又变得轻松起来。

"早在卡门到达智利之前,她就已经在智利出名了。所以在智利文学界她不费吹灰之力就能有一席之地。如果她的第一本小说是在智利并用西语写的,那会是另一种故事……愚蠢的第三世界……她跟所有人关系都还可以,但会保持一些距离。我是例外,因为有几次出差我们恰好都在一起,所以慢慢就走近了。没错,我想说我是她在这个世界上唯一的朋友,这个见鬼的世界,你懂的。她是名人,所以别人都很尊敬她,但是这些人一转身却又加以诽谤。好吧,这没什么新奇的……这是一种全民的消遣方式……我很喜欢她。如果可以的话,我甚至可以爱上她。她不是什么大美人,不是。但她体内有一种东西让她很有魅力。然而,她是个忠心的妻子。"

我在一旁听着,听了很久。

"托马斯对她的写作并不感兴趣,我想是因为没时间吧。他生活的世界比我们的重要多了,也更坚固,或许应该说更加物质性。你别忘了,不管怎样他可是经济学家。很会按时间办事,你不觉得吗?他从卡门那里获得本属于她的利益之后,就以经济学家的身份走上校长的职位。"他看我的表情就像一个顽皮的孩子,接下来,他换了一个话题,"刚刚一米六五的身高能如此居高临下一定很有意思。我这么高,低头看个子矮的人就很有趣……但是跟罗哈斯在一起时,我就没这个感觉。他就像一只充满激情的小公鸡，永远挺着他的胸脯。将来，他会从校长的位置上下来，你懂的，但作家不会。他瞧不上我们，虽然方式礼貌，但一样是瞧不起。或许对我少些，毕竟我是卡门的朋友。总之，罗哈斯是个好人，对我来说有点儿右倾……而且太世俗！你能相信，这么一个聪明人居然如此享受酒会和各种走形式的宴请吗？"

他说话的语气就好像别人都觉得他很有道理，除了他的话，别人的话都不是真理，这让我觉得很有趣。

"以前我常和她一起吃午餐，因为那是看望她的最佳时间，还能确保不和罗哈斯打照面。她一个人的时候很随意。好吧，大家可能都一样，难道不是吗，罗莎？"

我笑了笑，他又给我把杯子倒满，虽然只是矿泉水，我接受了。如果 C.L. 阿维拉没有生物钟，但是我有，我的还非常严格：下午五点钟喝一杯威士忌会把我杀了。

"那时候，卡门是一个……哦，对不起，卡门是一个……卡门她爱笑，笑起来很温柔，而且会狂笑。相信我，她能瞬间从一个状态变成另一个。她一直说她的外婆是吉普赛人，才会有这样与众不同的一面。胡说！可哪个作家不需要这些来给自己设定一个角色？但也有可能是真的，然后遗传了如此自由的身躯，你应该见一见她，无论她的人，还是举手投足间，都是那么纯粹。以前我从没见过一个人会被生活中的繁文缛节折磨得痛苦不堪。她以前应该生活在雨林里……或者森林里……反正从没有在圣地亚哥这样僵化、缺少独特性的城市里生活过。起初，认识她的时候我想的是，她的腿那么美，写书应该不怎么样。就我个人而言，我对她的风格没什么兴趣，内涵不够。但这说明不了什么，我对谁都没兴趣……不过，她唯一感兴趣的世界居然是想象中的世界，是什么将她变成了这样？后来，我逐渐读了很多她的书。别人都认为我读过很多作家的作品，其实不然。我从来没那个闲心去做这件事……我只看一段，重读曾经让我激动和兴奋的段落。我在大脑里挑选了十本值得一读的小说，任何新出版的书都不会改变我的选择。所以我不读新书，只是随便翻翻。卡门不是，她每天读很多书，让人觉得现实世界她一点儿不感兴趣，或者说越来越不感兴趣。她一直写，一直读。其他一切活动都是多余，她一直活在想象的世界里。其实她经常跟我讲，小时候简姑妈给她看很多西文书，目的是不让她把语言丢了。就是说她从十一岁起就养成了读书的习惯，并且再也没有停下来……所以她看不上正规教育和大学，她全从书里学。如果是我祖母，她会说，她能享受内心世界。当然，因为我缺少这种生活方式。"

他停了下来，拿起威士忌旁边的一包香烟点了一根。烟雾中传来他的声音。

"你知道吗？现在我偶尔问自己，她那么受眷顾，对自己的生活有什么不喜欢的？估计根本问题在于，她神经比较敏感。"

我试着尽量少插话，因为我越来越相信，他对任何问题都能侃侃而谈。

"我觉得假如这个世界上从来没有她，也一定有人会创造出一个她。说不定那个人就是我……"

照片和电视相比，他本人更好看。如果再瘦上十斤，简直就是完美男人。

"'这个世界容不下疯狂，马丁，'她曾这样告诉我，'如果我用自己的方式活着，世人就会说我有精神分裂症，一个疯子不仅不讨喜，还只会伤害到身边的人，然后就像二三十年代一样，没人会救我。''我会，卡门。'我跟她说。她当时忧伤地对我笑了笑。"

这位作家的双眼变得阴郁起来。

卡门，你真傻，我心想，你怎么没爱上这个男人？

"我俩有一个共同点，这很重要。我们受不了经常面对大庭广众，她和我一样，很容易自我厌倦。从这一点来说，她不是个以自我为中心的人。"

面对作家们的个人中心主义这个话题，我一边听他为我解惑，一边在脑海里留意他讲话用的时态。他所说的卡门，有时候好像就在我们旁边的房间里，有时候又好像已经永远离开了。之后，我会给他看看这些细节。

"我天天都在想她到底发生了什么，还是没想明白。最让我痛心的就是自杀的说法,但卡门不像会自杀的人。她是一个幸福的女人。"

"一个幸福的女人?这是什么观点?"

"好吧,好吧!"他笑着说,"我的意思是,她没有理由自杀啊。她唯一一个比较严重的问题是,内心年龄和外表不一致。这是很严重很明显的问题,而且日益明显。但是,罗莎,你跟我说,你不觉得如果这是她自杀的原因,我们这个国家岂不是要死光了?"

六

　　睡意笼罩的房子里,她又一次面对着凌晨。

　　早上五点的时候,闹铃就已经响了,小圆桌上放着暖壶,里面装着咖啡。收拾箱子和行李她非常有经验,每一个动作都如此娴熟,又轻柔。前一天晚上她就把东西都收拾好了,随时可以出发,只剩下那个红黑色盒子还没放进箱子里,这个盒子一直陪伴着她,里面有化妆品旅行套装、洗漱用品、药。然后就可以锁上箱子走了。这时,门铃响了,是来接她去机场的车。

　　她向这座没有一丝光亮和动静的城市问好,向睡在房子和大楼上巨大的睡美人问好,这睡美人是孤独的幽灵,所以才盘踞在这样一个没人情味、天一亮就四处拥挤的地方。属于首都的时光,此时此刻被占领了,几乎没有生机,城市和街道也是孤独的。看不见清醒的灵魂,路上没有,眼见之内都没有。按照经验,正如飞机要起飞一样,城市是一片很快就要变得拥挤和熙攘的孤独的荒漠。

她太无礼了！想象一下，此时她是唯一一个居民，不为人见，速度极快，桀骜不驯，唯一一个在这片地域之上。虽独一无二，却成了遇难者，即使非她所愿。

痕迹。他肯定让屋内的杂乱持续了很久。一旦做完清洁，所有痕迹会被他整洁的房子所遗忘。现在只有她的痕迹能把浴室和卧室搅乱，因为天亮之际只有她在里面。

那张小圆桌显得如此孤独，天蓝色的身躯已没了床头书、笔记本和钢笔，药瓶也没了，放着全家福的相框也不见了，只有一个没喝空的水杯。

男人回到床上，发觉左边已被离弃，便朝那边靠了靠。那里有她的味道，是多种气味混合而成。汗味、香水的余香、体香、发香、化妆品香，这些合在一起就是她的味道。床的左半边露出一副无人守护的样子，如此孤独，主人离去时在床垫上留下了她独有的睡姿，还有床单上的褶皱留下了她无意间的各种动作，床单把这些褶皱原封不动地保留下来，似乎在无声地抱怨夜里在这个角落一吸一呼着热气。

第一次离开之前他就想过，每一次的离开都将意义非凡，并且疑虑重重、意外不断。但这次是真的分别了，看得见摸得着。这是一次空中离别，空中是深不可测的。哪怕登机、飞上天空，然后到达另一个国家已是日常行为，难道不应该在意吗？爱的人每次飞去远方，难道不应该在意吗？过了一会儿，男人觉得，自己这么顾虑显得很愚蠢。他决定，妻子每一次的离开，就当是他精彩生活中那些无足轻重的事情吧。

马丁·罗夫莱多·桑切斯告诉我，有一天卡门激动地给他打电话说："我刚刚发现一件不可思议的事情。大家认为小说是作者对记忆进行再创作，是已经发生过的事情……我刚刚发现我们做的其实是提前让事情发生。"

刚才那一小段关于清晨的故事是主人公帕梅拉·霍桑讲的，在最后一部小说《奇怪的世界》里。如此，我可以猜想那就是C.L.阿维拉在这座城市的最后一个黎明。

七

吉尔·欧文约我在拉斯兰萨斯见面，就是纽尼奥阿广场那家酒吧，上大学的时候我常去那儿。一到那儿，看到在这吞噬记忆的城市里，居然还有未曾改变的东西，我心里愉悦极了。客人都坐满了，里里外外都是桌子。傍晚的凉风微微吹起，它通知夜晚可以慢慢降临了，在月亮之下不必担心化成水而流走。为了让她认出我，我提醒她我穿着一件蓝色的亚麻西装，其实没那个必要。她坐在路边的一张桌子上，正把弄手里喝了一半的高啤酒杯，是加尔萨酒，一看见她，我就确定是吉尔。一个外国人为什么选择这里？她对圣地亚哥了解多少？认识哪些人？

"您运气很好，找到了我。我这次来只住几天就走，主要是过来看看维森特，本来卡门早就等着我来了。"

"但是他去海边了……"

"不是我说他，他现在还没从蜜月中回过神来呢。"

我跟她一样，也要了一杯加尔萨酒。一阵冰凉透过玻璃传递过来，我们开始了谈话。

"很抱歉，吉尔，但是我需要了解您和卡门之间从开始到现在的故事。截止到现在，一切都像拼图里散乱的碎片。"

吉尔·欧文表情严肃而不动声色，外表看起来很像美国佬，但一口漂亮的西班牙语让我惊讶不已。只是稍微拖长的声调和一点点鼻音暴露了她的口音。她说话的时候字母 s 的音是发出来的，不像我们那边，这个音是吞音。她的外表并未让我觉得紧张，估计是因为她打扮得不够时髦。这一细节让我对她亲近起来。暗哑又有些褪色的头发还保持着密密麻麻的卷发，那是 80 年代初才有的烫发技术，发型则是 60 年代流传下来的非洲式发型。如果她满头白发的时候还留这个发型，那绝对像只绵羊。她的左腕系着一条皮手链，上面镶着彩色的花朵。脚上穿着一双平底皮凉鞋，皮子比手链的皮子颜色更加金黄。身穿印度布料的衣服，一条色彩柔和的长裙，还有一件很透的无袖上衣，衣服似乎束缚不住那丰满的胸脯。她的样子可以为那个为鲜花和自由恋爱而革命的年代打广告了，对有的人来说，那是辉煌而光荣的年代。她身上最抢眼的只有那条漂亮的纯银项链，的确很美，上面挂着一个精美的十字架，十字架横着的那一根上点缀着各种雕刻的果实。我问她这条项链的来源。

"雅拉拉戈十字架……卡门给我的礼物，她从瓦哈卡带来的。"

瓦哈卡！我的天啊，因为这个案子，勾起我多少回忆！在一次盖拉盖查节，乌戈拉着我的手，我们淹没在印第安人五颜六色的羽毛丛和华丽的音乐中。以前我对瓦哈卡有点害怕，直到后来才明白了为什么：因为这个地方神秘，捉摸不透。也有可能远不止这一点，因为仅从表面是看不清瓦哈卡的本质的。它独特的神秘感能吸引所有人，却不符合我这种务实的性格。我又想起了中央广场，这些年，那里的报亭和广场应该一点儿没变，依然能处处看到迷茫的目光，乞讨者想必依然混迹在外国人群中摸不着头脑，因为这些外国人穿的衣服可以说是"破衣烂衫"，乞讨者无辜的目光找不到焦点，他们在寻找神圣的能量、稳定的生活，粘着灰的身体守候着在厄运降临之前天堂为他们敞开大门。

"我俩的故事说起来长了。除了简姑妈，您有机会可以找她聊聊，没人比她和卡门相识的时间长。我和卡门一起在旧金山的海湾上小学，从那时起，我们成了好朋友，到底有多少年了，就不必数了，太久了……毕业后她跑遍了美国，真的，那次旅行时间非常长。她用尽各种方式旅行，有时候一个人，有时候结伴，甚至有一天她厌倦了跟团走，一个人跑到了边境。她不会知道，一旦越境，就开启一段新生活。最后她定居在墨西哥城。她从那里给我打了电话，我就跑去和她会合。我们在科约阿坎的圣卡塔琳娜广场附近租了两间屋子，那是几栋老房子之一。当时我俩谁都没钱，这是肯定的。于是我们做手工，做好了拿去广场卖钱。

有时候一个人去，另一个留在家里，但永远都是一起回家。我们为墨西哥着迷，因此没兴趣到任何别的地方生活。好吧，那是70年代初的时候，有很多和我们一样处境的人，而且都是美国人，所以我们并没有开创任何先例。我们从来没有签证和什么文件，每次期限一到，我俩拿着护照就能回去。"

不知是我在想象这些画面，还是怀念这个害怕面对观众的差劲演员在演出时候掉了链子。回忆青春似乎从来都不能自己做主。

"那日子过得！美国人的日子，您知道的，大麻、乌羽玉，总之……我们生活在水深火热之中。生活对于我俩而言，就是马路边上。有时候我们会得到家里的一点点帮助，但是其余的只能我们自己想办法。再说，我们要求的并不多……"

"您刚提到家人，指的是谁呢？"

"当然是简姑妈。卡门的父母不算，他们很久以前在印度消失了，您知道吗？卡门小时候和她外婆在智利，外婆去世后，简姑妈是她父亲唯一的姐妹，所以收养了她。我说的收养不是法律上的收养。但是她没有结过婚，也没有孩子，所以她对卡门视如己出。在托马斯出现之前，她还负责照顾维森特。"

（"当我理性的时候，用英文。在我情绪激动和害怕的时候，用西班牙语。"C.L. 阿维拉曾在某次采访中这样解释。）

"她父母的事情对她有什么影响吗？"

"卡门身上的所有迹象都能说明她背井离乡的事实。这一点拉丁人比我们更有感触。她第一次跟谈起她的母亲时跟我说：'她和天堂作了协商，现在住在一座山上，离天堂很近。'"

吉尔讲话只有一种语调，而且毕恭毕敬，不带情绪，似乎她没权利带着情绪讲话似的。

"她写第一本小说的时候，我们就生活在一起。那是 80 年代初的时候。我们把小说寄给了简姑妈，因为她跟出版社有联系，她还有个朋友在那儿工作。我一直忘不了卡门从萨卡特卡斯给我打电话的时候说她的书要出版的事情。'我们要发财啦，吉尔！'她在电话里喊着说。从现在来看，我敢说当时的预付金很少，毕竟是她的处女作，但她觉得自己变成了富翁。我们用那笔钱去了印度，身上只带了背包和睡袋。花光之后，我们就回来了。"

"她开始写作后怎么样？"

"她常常说，首先要不论方向地遵从父母，其次是丈夫。她不在乎自己，只是一味地遵从别人，自己不思考。'我的体内一定隐藏着什么，'头脑清醒了她就会慷慨陈词，'所有人都有，要努力发现它然后挖掘它。如果不去挑战，我会悔恨终身。'"

"后来她真这样做了吗？"

"做了。为了保护自己，她要求自己要培养一种才能，她觉得只有这样，任谁都伤不到她。'无论是写作、刺绣、唱歌或者做饭，任何一件事情如果能做好，都可以改变生活，'她说得很肯定，'但是注意！绝对不是临时抱佛脚，必须认真做。'希望有一种让她行动起来的爱好,这样她就会变得独立。她找啊找,最后找到了:语言。的确很适合她。"

她沉默了一下,浅浅地一笑,似乎在给自己笑。原来回忆不懂得掩饰。

"每当我抱怨的时候,我总是告诉自己:知道**是什么**让你痛苦已经很幸运了,因为至少知道在哪儿跌倒了。卡门一辈子都承受着痛苦,是一种说不清楚的痛。每次陷入痛苦的时候唯一能做的就是写东西。"

"这种痛苦有名字吗?"

"有,遗弃。我不知道还有谁像这个被遗弃的孩子。"

傍晚时分,是夜晚来临前的时刻,是没有黑暗的最后几个小时,是对这大地上被遗弃的人最后的保护,人太多了,黑暗即将来临,即将来给这些人再次讲述他们所受到的刑罚。

"那时候她和一个哥伦比亚人是情侣,对吗?您肯定认识路易斯·贝尼特斯吧。"

吉尔的表情一冷,虽然她毫不犹豫就回答了,但我能感觉到,她很快谨慎起来。

"对。"

"认识他的时候你们还住在科约阿坎的房子里吗?"

"对,他也在那儿租房住。"

"不好意思,吉尔,不过……为何一谈到这个话题,您的话就变得很少？"

"因为我在想，您提起这个人，会不会是因为您和托马斯的看法一致。"

"我不会和任何人保持一致。昨天这个案子才到我手上。我只是想了解一些与您朋友有关的重要信息。"

"您应该知道了，卡门有很多感情经历。路易斯不过是其中之一。"

我试着作换位思考：要是有人调查我最好的朋友，可能有些方面我能说的很多，而有的不是，或许我会逃避，避免谈及她最不堪的一面。我不能被吉尔的话吓到。虽然她还是谈吐优雅，一直用一个腔调说话，但她在掩饰心里的不安。

"您知道他们俩最后一次见面是什么时候吗？"我坚持问。我不会退让，我正在工作，一切软弱都给我滚蛋。

"我不知道。十年前卡门离开了墨西哥，也有可能是九年前，无所谓了，都一样。现在我们已经不住在同一个屋檐下了。我回了旧金山，我们都不在同一个国家了，您为何希望我知道呢？"

"不知道。我想你们见面的时候可能会聊到这方面，我以为……你们会互相讲讲自己的生活，毕竟所有女人都这样……你们每天都联系，对吗？"

"没错。但是她没给我讲过路易斯。如果我看见他，应该已经认不出了。"

"要是她有一个情人,您会知道吗?"

"可能吧,但我不会告诉您。"

好吧。不作表面文章的人我很欣赏,这样的人太少了。她尽到她的责任,我也做好我该做的。

"还有谁会知道这件事吗?"

"我说不准。"她看似很负责地想了一会儿才回答她。

"您最后一次见到卡门是什么时候?"

"四个月前。消失前的两个月。"

"她去迈阿密的时候,你们没见面吗?"

她看着我,那轻蔑的眼光很好笑。

"佛罗里达州和加利福尼亚州离得很远,您不知道?"

"四个月前那次,您发现她怎么样?"

"老样子。"

"没有一点儿奇怪的迹象?"

"一点儿也没有。"

"那么,我们回过头来,继续讲讲路易斯·贝尼特斯可以吗?"

"您知道不?这是白费工夫……居然说游击队绑架了她,真是荒谬。"她坚定地说。

"您觉得的呢?她到底发生了什么?"

没有任何戏剧性的内容,脸上的表情也一丝不变,她脱口而出。

"我认为卡门已经死了。"

八

为了让妻子在他身边多一些社交活动,托马斯·罗哈斯给她设计了一个很大的衣帽间。我看了那个衣帽间,是乔治娜带我去的。

在房间的一侧挂的是华丽的连衣裙,还有两件套、三件套和裙子,件件都熨得平平展展,就是鸟儿,也会争相在里面跳舞。正对面是一些民族服装,按她的作家朋友所说:摩洛哥的卡夫坦长衫、危地马拉的维皮尔连衣裙、印度沙丽、日本和服。乔治娜说,以前去参加活动的时候,她必须穿第一部分的衣服,但是一回家,她就立马脱掉,然后从第二部分拿一件换上。她在家的时候,同一件衣服不会一直穿在身上,她换得很勤,毛呢的、布料的、还有长袍,她才不管衣着要求,因为自由在那边,在眼前的这个衣帽间的第二部分。从一件换成另一件之后,也就是从刻板束缚的西装换成宽松轻薄的长衫,整个人也跟着变了。

换装……很快，她自由不羁的身体遭到了约束、定型和压迫，最后摇身一变，成了校长夫人。到达活动现场之后，以往的不适又来了。裙子好像短了或者长了几厘米，鞋跟太高或者太低，纽襻太紧了，料子不够垂，更别提能自然得像海浪一样倾泻而下，带来阵阵清凉。不是胸部有问题，就是胯部有问题，总之衣服的面料永远无法让身旁这位女士觉得适合、优雅、端庄，无法凸显她的不同。小时候对不同有多少恐惧，长大后就对它有多少崇拜。

九

晚上十点,一股倦意席卷而来。在这酷暑天哀号和哭泣的,不仅是树,还有我。我已经精疲力尽。总算快到家了,可回家就又看到坏了的电梯。我心想,坐不到电梯,我为什么还要出一样的钱?尽管爬楼梯能一再提醒我该减肥了。

我想到一个问题:如果是绑架,或者任何涉及暴力的行为,应该有目击者。还会有什么地方和机场一样没有隐私?在迈阿密海湾的洲际酒店门口接她的出租车司机已经确定,他的确把卡门放在了机场。难道卡门临时改变主意,在最后一刻因为某个原因离开了机场?这很难想。没错,一切皆有可能,但是和想象比起来还是常识更有意义。再说了,她不是空着手走的,有一个箱子。如果她把箱子寄存在某处,我们应该早就知道了,更别提把箱子扔了,如今在官方的眼皮子底下,一个没人认领的行李更值得怀疑。她可以乘坐另一架飞机,但如果是这样,在美国,除非是私人航班，其他情况都会有乘客名单。也可能有人陪着她从机场走了。如此，那个人应该是她认识的人，因为——我坚持认为——那天晚上没有任何暴力事件的记录。也许她受到了威胁，便悄无声息地被带走了，我想绑架者外套里或者包里应该有凶器，这样足够隐蔽又能让她立即顺从。

家里空荡又漆黑，孩子们不在家。我打开冰箱，想着把剩下的焖肉热一下就吃了，我可真够颓废的。我合计着怎样能多偷点儿懒：把焖肉热一下，还是走楼梯下去，穿过维库纳·麦肯纳街道，再走几步到德国喷泉那边买点东西吃。我想到了里脊三明治、德国酸菜、番茄、蛋黄酱，想得我口水都出来了。我必须吃好，不能因为工作压力大就把身体弄垮了，就像上次调查梅赛德斯—奔驰汽车大盗案。当时太兴奋，几乎三天没吃饭，等我们终于锁定目标时，我已经累倒了。正犹豫的时候，电话响了。寂静中突如其来的铃声让我浑身一抖，我惊恐地想，我跑去调查这个案子，现在C.L.阿维拉的怨恨来找我了。原来是马丁·罗夫莱多·桑切斯。

"罗莎，你在忙吗？"

"没有，只是在犹豫吃什么……"

"是这样，我，还没吃饭，喝得有点儿多，但是我忘了告诉你一件事，可能对这个案子很重要。"

"我在听。"

"卡门恨帕梅拉·霍桑。"

我不禁微笑起来,就站在那儿,站在客厅中间,手里拿着黑色的话筒,话筒已经过时了。

"这能说明什么呢?"

"她受够了这个人。她没向媒体说过,但是她觉得自己被这个主人公死死抓住了。"

"既然这样,为什么不摆脱她呢?"

"如果你在一个人背后隐藏了十二年,和她共享一切,没那么容易把她甩掉。卡门不知道如何摆脱帕梅拉……"

"杀了她,就这么简单。"

"你知道柯南·道尔的故事吗?他当时就想把福尔摩斯杀了。"

"嗯,我知道。"

"将来她要忍受被迫将帕梅拉复活的屈辱,我不认为卡门有了这种心理准备……好了,我要说的就是这些。"

"如果你还想起什么一定要给我打电话。"我说着,心里希望他能做到。这个作家是这次调查中唯一一个有趣的人物,我不想失去他。

我记得懒惰不是特点,而是一种症状,于是我把焖肉热了一下。结果味道不是很好,吃起来没有胃口,于是脑袋里开始胡思乱想。在德国喷泉,我一心想着那里的里脊三明治,什么好东西都想不到。那一天很漫长，我应该多思考一下乌戈，于是我突然灵光一现，想到他可以帮到我。我当机立断，打通了国际长途，紧接着按下了熟悉的墨西哥城区号525，心想，当初除了在客厅装了电话，还模仿美国电视剧把电话安在厨房里，这个主意真好，这样我既能吃饭又能接电话。

"孩子们出事了？"

"放心吧，亲爱的。我也有权为自己的事情给你打电话吧？"

"对不起，罗莎，我满脑子都以为是什么坏事情。还是说说你吧，你怎么样？"

说完，我把事情跟他说了一遍，几乎没什么铺垫。我小心翼翼地不在电话里讲错话，心里想着只提一下他的朋友托纳蒂乌的名字就够了。乌戈的声音听起来有些茫然，但因为我想要的不少，这次我没有作任何评价。

"给我点儿时间，可以吗？"

"但是你也可以麻利点儿……你知道怎么做，对吗？"

简短说了几句之后我们就挂了。

像C.L.阿维拉失踪案这么模糊不明的情况，只有一位知情人士坚持某种猜测。为何不相信他呢？如果最后是托马斯·罗哈斯出钱，至少应该听听他所坚持的意见。

最后一个电话我打给了老板，汇报了我一天的工作。

帕梅拉·霍桑坚持认为，但没有直接说明，在刑侦中女性比男性更敏锐。她不是坚持女性优秀论的女权主义者，绝对不是。只是说我们拥有对真相的**非客观感觉**。我猜得到她的意思。举个例子，如果是我的同事埃塞基耶尔负责C.L.阿维拉的案子，这会儿他肯定正准备睡大觉，或者洗完了澡，去找新女友约会，不可能躺在床上回顾这个失踪作家的小说，因为他不觉得在那里能找到密钥。如果他没有设身处地地想，那么他目前能得出的各种推测肯定比我的少。没错，是推测，我说的不是证据。

我躺在床上，从包里拿出两张纸，它们被折起来夹在了C.L.阿维拉的笔记本里，我当时取了出来。上面是一些很短的记录。用的还是黑色墨水，但是笔迹不同，字的倾斜方向和角度都不是她的。我推测这两张不是同一天写的。

第一页：

童年记忆。

家里唯一的一张桌子面朝窗户，窗户有一半被树遮住了，这棵树像灌木一样，很大（因为灌木比树大），长得郁郁葱葱，枝头挂满了成千上万的小红果。这充满生机的红，把整棵树都染红了（怎么会不知道这种树的名字？），天一亮，就飞来几只鸟——身材小巧、灰色、速度非常快，它们像螺旋桨玩具一样——在红色周围盘旋。速度太快了，因为翅膀高速地扇动，她都看不清翅膀的样子。是蜂鸟，有一天她的母亲告诉她，这些鸟叫蜂鸟。

她一直记得那棵树，在她的头脑里，由于词汇有限，她把那些小果子叫作红色泪珠。

第二页：

我是新世界……我是新世界，她断断续续地说道，刚才从椅上站起来，在地毯中间转啊转，转出一个螺旋来，快得看不出身形，大大的裙摆在空中展开。已经分不清是哪只脚，太快了……我是新世界，这身体——是崭新的身体。难以置信！——看得男人血脉偾张，这是属于这片土地的身体，不属于其他地方，那些令人厌恶的地方。周围的空气也跟着她旋转起来。她把一切卷入自己的气流中，直到它们被平息、被驯服；都属于她。她的心跳如此娇柔而急促，就像小时候飞舞的蜂鸟，红色泪珠周围的鸟儿、胳膊、腿和空气。

两年后又听到了德沃夏克的交响曲，而她的身体没有反应。

十

"罗哈斯校长生活在学校这座白墙围起的象牙塔里，"老板评说道，他疲惫的双眼多了一丝轻蔑，"恰帕斯事件更像是一次具有象征性的行动，这是一支拥有新闻媒体、信息技术的游击队，我怀疑这正是这个案子的特别之处。有官方消息说，国外的游击队也在其中，但尚未证实。没错，他们应该是同伙。还有，萨帕塔信徒不劫持人质。"

从他说话的语气，我在他身上发现了老共产主义者的一面，我猜是有时候实在压抑不住，才不得不表露出来。

"虽然萨帕塔信徒在其他十六个城市都有一定影响力，但他们只控制了恰帕斯州内的两个城市。我们现在说的不是波斯尼亚，你明白吗？他这种不理智的想法好像在说 C.L. 阿维拉居然还活着，而且人就在拉斯卡尼亚塔斯。"

大教堂街，我们正在乱糟糟的办公室里喝着咖啡，不过是掺了水的一种液体，大家伙在这儿不是来享受美味的。老板的桌子一片狼藉，堆满了各种文件，连他自己也不知道眼前看的是哪个。当然了，大家已经接受他的这一怪癖了。

"在这个案子里，恰帕斯事件不过是文学作品里的东西。"我参与到谈话中，"我们先把校长放一边。现在重要的是，路易斯·贝尼特斯这几年一直投身于反政府组织。难道你认为他们只在哥伦比亚吗？"

"喂！FARC[1] 从没有像现在这样活跃了！"

"是的，我知道。但是托马斯·罗哈斯掌握了消息：路易斯·贝尼特斯已经和墨西哥人联系上了。我们得知他跟着ERP[2]在格雷罗州参与了几起绑架案，目的是帮助一起金融战役……C.L.阿维拉也被卷入其中，这你已经知道了。"

"这不能说明她和游击队就有关系，她只是帮了他一把，无论什么事情，只要没了理智，她就有可能这样做。她没有任何污点，**警察永远不会把她和这些事情联系起来**。"

"没错。但是我发誓，老板，她不是自愿被绑架，所以我排除她已经到达了哥伦比亚。可能性更大的是他们正带着她穿越边境，在转移的路上。别忘了她身上有巨款！"

"是几道边境，这样说更合适，罗莎……"

1　哥伦比亚武装革命力量。
2　墨西哥人民革命军。

"我曾从美国经拉雷多去过墨西哥,美国佬没要我的护照,只是边吹哨子边挥着手让我们赶紧离开他们的国家……就算被绑在后备箱里也没人知道……相信我,车子他们连看都不看。唯一让我觉得可行的是,有人代替路易斯·贝尼特斯让她在机场上了飞机,而且是她心甘情愿去的。想象一下,X先生向她走进,只告诉她:'我是替蒙蒂指挥官来的,他现在很危险,需要你。'你觉得C.L.阿维拉会拒绝吗?然后再对她说一些好听的话,有可能路易斯·贝尼特斯根本不在那儿,管他路易斯·贝尼特斯还是蒙蒂指挥官,随便怎么称呼。然后就把她带走了。"

"那为何目的地是墨西哥?我本可以提前把钱抢走。"

"然后把她放了让她去报警?"

"如果她认为路易斯·贝尼特斯也参与了,她就不会揭发。你记住,他有可能是她儿子的父亲,你会揭发你孩子的父亲吗?"

"但是路易斯·贝尼特斯也许跟他们没关系,那帮人只是利用了他的名字和联系方式。不管怎样,无论哥伦比亚人还是墨西哥人,他们不在美国,老板。他们不会把她留在那儿。带她去墨西哥也有可能,去和所谓的路易斯·贝尼特斯见面……"

"他们可能把她杀害了。"

"那尸体呢?"

"不知道,有一点我不大同意……为什么带她去墨西哥?"

"这也是我们应该调查的,就是这样。"

老板看了我很久,而我面不改色。这种游戏我们玩过几次了:你看着我,我看着你,谁都不肯退让,直到其中一个人认输,就像打牌一样。

"给我一天时间想想。今晚给我打电话。"

十一

安娜·玛利亚·罗哈斯是个胖女人。这类人都一个样子,估计他们对身上的赘肉多少都有些怨气,这就方便了我的工作。她自以为很重要,让我坐在一楼客厅里足足等了她十五分钟。这期间,我只好尽力把时间利用起来。脑子里有一堆事情,容不得我浪费时间。我分析了一下沉甸甸的长毛绒窗帘——这个我喜欢,因为给夏日的清晨带了很多阴凉——和一张大理石质地的桌子,上面精心摆放着几个卡波迪蒙蒂瓷小雕像——毋庸置疑,它们个个精美绝伦,但脆弱的陶瓷把它们显得扭曲、卖弄——心想,如果我是C.L.阿维拉,早就离开这个家了。在我看来,托马斯·罗哈斯是个统治者,为了达到目的,他会把个人意见伪装成对他人的让步。

"卡门和我父亲结婚是有考虑的,这一点我毫不怀疑。"这是这个年轻姑娘的观点之一,"他是卡门能依靠的坚强支柱。她是为了得到解救,如果您明白……"

像我这种情况,最高兴的就是和这种证人谈话,他们能把目标人的事情毫不留情地全盘托出。直言不讳地说:最有用的人证就是对调查对象没有好感的人。

"她的儿子在一次采访中很肯定地表示,母亲一直是一个性情中人……"

"哈,那是她儿子……儿子对母亲能有客观可言吗?"安娜·玛利亚自言自语的同时,毫不掩饰眼里的一丝轻蔑。

"您可能想不到,罗哈斯小姐,有时候还真的太客观了!"

"您不要弄错了,也不要轻信那些传言。我觉得卡门已经心灰意冷了。"她深深松了一口气,自己掌握着时间,考虑好后继续讲道,"她没有精力继续装下去了。"

"您认为她是一个冷漠的人吗?"

"比起冷漠,她更是一个自私的人……压根儿没有罪恶感。她从来没有自责过。从她做母亲,就能看出这一点。儿子长大成少年后,她才和儿子一起生活……没错,她爱维森特,我没说她连母爱都没有了,但是她把孩子交给了我父亲,就因为孩子身边需要有一个男性,这些蠢话,您知道,都是为了不用管孩子。她把维森特从孤儿变成了一个任性的小孩,也因此他现在完全就是我父亲的翻版……穿衣服也和我父亲一样!终于,成了她未曾拥有过的儿子……现在维森特结婚了,离开了这个家,我父亲变得阴郁又孤独。他们每天都打电话呢，您相信我吗？"

她没有正对着我看，只是斜着眼睛偷偷地看我有什么反应。我猜她已经看到了想要的，继续说起来。

"想必您会觉得我这样说是因为钱。"

"钱？怎么讲？"

"您先听：我父亲很有钱，他的财产总有一天会落在维森特和我的手中，两人平分。他已经定好了。但卡门比我爸还有钱，虽然看不出来。如果卡门一直不出现，只有维森特是她的继承人，我父亲不是，我也不是。您不觉得这不公平吗？我必须和维森特分享本属于**我**的，但是他的却不能**分给我**。"

她一边撒着怨气，一边叉起腿。右脚的白色拖鞋本来在下面，现在放在了上面。那双珠光宝气的手整理了一下衬衫领，那一瞬间，竟给她添了几分魅力。我想起她白皙的母亲，因为这个女人的肤色不是来自她的父亲，那是个黝黑的硬骨头。我分析了一下她的五官，发现除去那些脂肪，她的五官很精致：发际线的高度很完美，如果颧骨再凸出一些，勾勒出的脸庞比例十分合适。眼睛是一种美丽而阴沉的绿色。鼻子直且匀称，是希腊鼻中最雄心勃勃的一种鼻子。嘴小，嘴唇似乎因为时光的流逝收缩了一些。我猜她有三十多岁，到了这个年纪，一个人该有的表情纹正慢慢刻印在脸上，那不是上帝给的。但我猜想，这些对她无用。她的性格里有某种特质，让人以为这个女人的肥胖是别人的责任。

"父亲认识她的时候，您知道别人跟他说了什么吗？说她是个疯子！一个疯子，这是把她介绍给父亲的人说的。父亲把这些告诉了我，但是我不理解。父亲有一个很傻的理论，他认为与众不同的女人最有趣。正因如此，很难让人相信他娶了一个脾气这么好的人……我见过她摔盘子，您要相信我，她把盘子摔到墙上：这可是我一生都想做的事情，谁不是呢？凭什么她有权当泼妇，而像我和我母亲这些人就要保持端庄淑雅，要对一切出格的事情显示出深恶痛绝？或许我其实不该和她如此不同，而是我内心的压抑，导致我只能和普通人一样。"

她的目光变得傲慢，不屑一顾。

"她给人一种对很多事情既没有判断也没有想法的印象，而这些事对我们却很重要。她从不踏入我父亲的世界……她的出身时刻在背叛她。请不要忘了，她出生在南部一个连村子都配不上叫的地方。她的母亲是农民。甚至听说她的曾祖母是吉普赛人。真有点儿不可思议，对吧？我记得有一次，我们晚饭后在海边听音乐会，她突然对我父亲说：'前世我肯定是音乐家，对吗，托马斯？我会是什么演奏家呢？''绝对不是维也纳小提琴演奏家，'我父亲回答，'肯定是长着大胡子的爱尔兰吉他手。'"

她发出短暂的笑声，一只手放到嘴边好像要把笑声藏起来，然后努力保持严肃。就在这时，乔治娜走进客厅，显然，是她自己进来的,谁都没叫她。她手里端着前一天端的那个盘子,她来给我们送咖啡。安娜·玛利亚炫耀出和他父亲一样的癖好,给杯子里加了很多糖,然后用银色的小勺在里面搅啊搅,都快把瓷杯磨花了。我想 C.L. 阿维拉肯定不喜欢这个癖好。她喝的一定是无糖咖啡。等乔治娜走后,我继续问她。

"您怎么断定 C.L. 阿维拉已经心灰意冷?"

"首先,我们要各就各位。在这个家,她就是普普通通的卡门·莱维斯。这是她的真名。对我们来说,她身上的任何癖好都与我们无关。如果她母亲姓阿维拉,为了纪念自己的母亲她用这个签名,我管不着。如果您希望我们聊她这个人,我们应该避免用那些浮夸的名字……"

"好,那我们回到刚才那个问题。"

"是这样,我对卡门·莱维斯——她强调了一下这个陌生的名字——的最初印象是热情、外向、率性……有趣,而且是以她独有的方式……她说话声音大,爱笑,好动。这是卡门原来的样子。知道吗?她在家从来不穿鞋。但是最近这几年,她好像进入了沉默期,让人看得着急。她变得陌生、无法接近。她给自己增加了神秘感,她自己觉得不错,但我觉得她从来不神秘,而是无趣。知道她怎么和维森特沟通吗?拼字游戏,不知道您玩没玩过。好吧,这是她和维森特在一起时唯一的活动。我不清楚她书房里是一番什么样的天地,我没进去过,也许只剩下写作还能唤起她的活力。事实就是我看她的活力越来越少。好吧，您知道的，热恋时的激情总是脆弱的，我觉得卡门和我父亲之间的那种感觉正在慢慢消失。"

"听您说的，我很意外……印象中他们是很好的一对。"

"表面上是。卡门为了留住父亲表现得很顺从，但她可能已经不爱父亲了，可怜的父亲为此很难过。父亲一直很崇拜她。这您知道吗？我认为，人的本性是改变不了的。为了公平，我觉得卡门收敛了她真正的天性，但时间一久，这种天性最终还是暴露了。无论是这个家，还是父亲的世界，都容不下这种**天性**……"

"或许她觉得非常孤独。"我贸然插了一句，心想，人类的天性各不相同。

"有可能。"她思考的目光似乎准备认同我的观点，"但是她没有尽到责任……既然要顺从，为什么不做得彻底一些？她知道这个家对她很崇拜，她也接受了，所有人来了都是为了认识她。不管怎样，她的名声牵连着我们大家。所以，偶尔迁就一下父亲为什么对她那么困难？如果不是那么多，最后……为了开始打高尔夫，父亲想加入俱乐部，她发了脾气：说那是暴发户做的事情，父亲很生气。她说滑雪也一样。听她说，父亲做校长之前从来不运动……父亲对她说：'只要开始做，任何时候都不晚，卡门。'但是她十分不擅长体育……从来不玩，连网球也不打，爸爸一直和维森特一起玩，这些时髦的东西他都喜欢……"

据说这都归咎于一位奥运会冠军。我在想，以安娜·玛利亚的身材，她一生要消耗多少才够。

"在卡查瓜也是一样的。卡门不帮助父亲在生活中取得进步。她从不理解父亲必须和有些人交往是出于利益，并非乐意。若非她一时兴起，不管什么原因她不跟任何人讲话。对于一个公众人士，她真是最糟糕的妻子！"她顿了顿，又幻想地补充道，"我一直觉得我会做得非常出色……"

我在心里暗自对她的"进步"观产生极大的怀疑，趁此机会，我改变了话题。

"您认识格洛里亚吗？她以前的助理，对吗？"

我注意到她的眼睛有一些闪烁，估计得稍等一下才能想起来。

"当然认识，她以前就在我们家做事情。"

"您知道她为什么被辞了？"

"不知道。那是我父亲的妻子工作上的事，与我无关，您说是吧？"

好吧，我也不能继续问下去了。

"如果您问我是否发生过较大的变动，当然，您还没有问过我，但是您一定想知道，对吗？事情发生在危地马拉事件之后。当时她已经开始生活在另一个世界。我对卡门的最后一些记忆当中，有一件事情是在一个中午，露台上只有我们两个人喝开胃酒,她顺便检查了一下她的文件夹。突然,她猛地把文件一合,两眼放空。'怎么了,卡门?'我问她。'都是多余!'她是这么回答的。'什么多余?'她犹豫了一下接着说:'一切!所有的一切!'这句话她说得斩钉截铁。我每次想起她,不知为什么,我就想起这件事。"

"您刚说的危地马拉事件是什么?"

"您不知道?"

"不知道。"

"您和吉尔谈过了,对吗?"

"没错,但她没提到。"

安娜·玛利亚·罗哈斯看着我,面色红润,享受着一种低级的快乐,就是说,她比我这个假设的对手掌握了更多的消息,这让她产生了优越感。

"这件事不该我讲,那是她们俩的故事。您跟吉尔说吧……"她顿了一下,"好了,阿尔瓦雷女士,还有什么您觉得有用的事?"说得她好像突然累了,急于要摆脱我。

"只有一个问题了,罗哈斯小姐。您父亲的妻子失踪了,到底发生了什么,您有什么想法或观点吗?"我做得似乎有点儿绝情,有意在强调她父亲的妻子,不管她愿不愿意,托马斯·罗哈斯已经和C.L. 阿维拉结婚了。

她的绿眼睛像两颗一夜大雾之后还能看到的星星一样。

"这件事大家各有各的看法。您想知道我的？好吧，我认为卡门逃跑了。"

我尽最大的努力让自己的表情保持中立，因为很明显，她的意图是博人眼球，她想在我这种低微的人面前显得很强势。

"为什么这样说？"

"这看起来是很矛盾，毕竟卡门是个无能的人，在实际问题中她真是既无能又懦弱，而这一点足足限制了我的猜想。她不仅不会开车，您相信吗？在 20 世纪末一个女的居然不会开车。甚至看见一滴血都能跑掉。所以，您不要问我她如何逃跑，因为我回答不出来。但是她一定以某种方式做到了。生活厌倦而抛弃了她，而她拥有的，就是虚构出另一种生活的手段和想象力。她可是小说家，难道不对吗？"

十二

如果我是间谍，C.L. 阿维拉作为我的跟踪目标，我需要摸清楚三样东西：她的习惯、弱点、跟什么人往来。现在摆在我面前的是无数的剪报、五本小说、一些视频和她最亲近的人的证词。我本应该可以进入她的世界了，但总有东西阻挡着我，一定是什么东西被我漏掉了。我问自己，她最可怕的噩梦是什么？她迷恋什么？

有一次我坐公交从拉斯孔德斯到普罗维登西亚，这座城市交通混乱到令人焦躁，我在阿波金多大街下车的时候，满脑子都是安娜·玛利亚·罗哈斯喋喋不休的声音，直到我想起昨晚读到的一个片段，是最后一部小说《奇怪的世界》中的。

帕梅拉·霍桑每次调查的案件都发生在很具体的地方，而且有名字，不是随便乱编的城市，也不是某省的一个偏僻村落。据我推测，这些地方都跟作者有关系：印度、墨西哥、圣地亚哥、基韦斯特、旧金山。我一边列举，一边想到一个重要又很普通的问题，我们普通读者阅读的小说有多少是作者的自传？作者写的东西有多少是本来就有的？我当然注意到这个关于读者的问题过于简单，连阅读的初级境界都从未超越过，但是，那又怎样！我鄙视自己，但也质疑自己。我能够贡献多少创造力和想象力？

C.L. 阿维拉笔下这个帕梅拉·霍桑是个调查员，专门调查犯罪事件。她和 C.L. 阿维拉有关系吗？答案显而易见：表面看起来没有。然而，这是她的自我改变，是她本身没有的声音。霍桑小姐和 C.L. 阿维拉之间的界限在哪里？把她们联系在一起的高墙在哪里？谁又是谁的受害者？

在她的最后一本小说里，霍桑小姐为了追踪一个英国人跑到了泰国，这个英国人是个自由商人，把自己的女儿从一个可疑的罗马人手中"拐走"了，然后在曼谷最豪华的酒店威胁她。就在东方的湄南河岸，那是城里最漂亮、最传统、最贵的酒店，是世界上最好的酒店之一。这件事让霍桑小姐对虚假绑架总是嗤之以鼻。当天下午，霍桑小姐像所有外国人一样，也光顾了市中心的吉姆·汤普森泰丝店，这家店至今仍保留其英式的精致特点，一匹一匹的丝绸挂在古老的木头上，各种丝绸分类放在高架上，就像过去的仓库。当天晚上，霍桑小姐和那个商人——似乎有意勾引她——在那家酒店用晚餐，商人给她讲吉姆·汤普森的历史，解释说吉姆·汤普森不仅是一个品牌名称，也是一个来泰国生活的英国人的名字，叫吉姆·汤普森，他在很多年后开了这家精美绝伦的泰丝店。

没错，吉姆·汤普森只是作为一个普通的英国人在曼谷生活。丝绸生意给他带来了巨大利润，一切都顺风顺水。尽管他——这件事鲜为人知——与英国情报部门合作多年，二战期间，当日本人向整个亚洲扩张时，他为英国情报部门作出了重要贡献。据说后来又跟美国人合作过。故事还没有完。有一天，这个普通的吉姆·汤普森受朋友之邀，周末去马来西亚的某个地方度假。他有些犹豫，但最后还是去了。一到机场，他却发现一个问题：没有带跨越边界需要的疫苗接种证。也不知他想了什么办法，终于上了飞机。之后，他来到了朋友家，那是一座拥有封闭式大型高尔夫球场的私人公寓。大家一起用了午餐。接下来，一定要强调气氛非常正常。大家都去休息了，只有吉姆·汤普森还在客厅，客厅的几扇门都是开着的，直接通往高尔夫球场的草坪。朋友们一醒来，发现吉姆·汤普森不见了。大厅的门依然开着，大家最后一次看见吉姆·汤普森的时候，他正拿着随身带来的一本书坐在沙发上。周围没有任何变化：没有打斗的痕迹。他们再也没见到他，当天，第二天……永远。

"是永远消失了。"商人强调说，同时享受着他的故事在霍桑小姐脸上产生的效果。朋友们给出了各种各样的猜想，有的说他为了寻找野生动物的行踪被吃了，因为那里发生过这种事情。还有的说他被绑架了。但是如果有人进了房子，可能能发现，草坪上也没有留下任何脚印。另外，大家想不出会是吉姆·汤普森的预谋，毕竟他在最后一刻还在犹豫要不要去马来西亚，没有带疫苗接种证就可以证明。有一件事需要补充：由于吉姆·汤普森曾经给同盟国做过事，除了泰国和马来西亚警方，英国和美国也在找他。这是一次规模极其庞大的寻人行动，没人比他影响更大。故事强调了一个人"不留痕迹"地消失这种怪事。他的财产也没有人动过。总之，这个商人和霍桑小姐花了一夜的时间进行推测和研究这个案子。作为一名出色的侦探，从理性的角度出发，她认为，这个案子一直未破，这个人又音讯全无，这是不可能的。他是活是死？如果死了，尸体呢？被绑架了？是自愿的吗？那他后来的生活怎样？

小说中，霍桑小姐和我一样，她也始终有这样一个很实际的问题。后来，我通过她的推理方法，我也找到了属于我自己的推理办法。但我还是想在笔记本上把小说的题词写下来，因为我不仅发现了其中的深意，还明显看到了它与墨西哥的联系：

"……想一下吧，先生们，

鹰和虎，

哪怕你们是玉

哪怕你们是金

也要去那儿，

没有肉体的地方。

我们终将消逝，

无一人可留……"

《新西班牙领主之歌》

看来这件事对吉尔打击不小。我在校长家给她打了电话，这次我们约在普罗维登西亚的一家咖啡厅，叫塔威利，我正好顺路。我问她——有点儿费力不讨好——上一次为什么对我有所隐瞒，她只是简单地说，危地马拉的事情不光跟卡门有关，跟她也有关系，她不好讲。但她接下来还是讲了，连细节都没落下。

（她们最后一次见面的）四个月后，C.L.阿维拉应该是在危地马拉城做讲座，她邀请吉尔来找她。吉尔在一家工作室从事西英翻译，C.L.阿维拉给工作室发了一封传真，还提醒她，她们还没去过蒂卡尔。吉尔觉得这是个好机会，所以一收到从旧金山到危地马拉城的机票，没多想就向中美洲出发了。这样的事经常在她俩之间发生。吉尔的工作不要求坐班，不需要找任何领导签到，况且他们有很多领导，在美国，C.L.阿维拉的作品由美国最重要的出版社出版，按照合同中作者提出的要求，他们必须将其每部小说交给吉尔翻译。总之，她的工作很自由，这是所有人都向往的。

她们一起朝蒂卡尔去了。一到那儿，就立马领略了令人震撼的玛雅遗址。返回之前，二人决定坐飞机去一趟安提瓜市。卡门看当地日报上说，著名歌手何塞法·费雷尔正在迷人的小城安提瓜举行个人演唱会，地点在一座古老的修道院。她便怂恿吉尔跟她一起去听演唱会。她俩不想又去一趟危地马拉城转机，后来得知有一家私人小飞机能直达安提瓜，晚上一班，次日清晨一班。她们想晚上走，因为早上的飞机太早了，五点就得起床，毕竟她们是去度假的。于是，她们买了两张晚上的票。

出发前一个小时，她们在酒店的吧台喝了点儿小酒。这时，一对年轻夫妇朝她们走来，他们也是美国人，刚刚得知孩子出事了。他们买了第二天早上六点的机票，但是为了早点儿离开蒂卡尔，能早一小时就早一小时。可以换一下票吗？她们着急吗？可以把位子让给他们吗？当晚的酒店钱由他们出，和她们之前住的一样。吉尔和卡门相互看了看，两个人都是当了母亲的人，所以毫不犹豫：换票。这对夫妇高兴地朝飞机走去。

卡门一边看着他们离开，一边对吉尔说，那对夫妻不简单，做事如此果断，但她有点儿莫名的不安。吉尔安慰她，为了分散她的注意力，跟她玩起了老游戏：好好分析一下那对夫妻，那个女的长什么样：她的衣服、发型、五官，男的像不像贴心的丈夫，对妻子态度怎么样，他们干什么工作，什么时候在一起。到底是小说家，安娜·玛利亚·罗哈斯肯定会这样评价。

第一阵不安过去之后,卡门抱怨起来。她不喜欢改变计划,已经想好去安提瓜住,连酒店也订好了,她不想为了赶飞机起那么早。她望着蒂卡尔前方的夜色,心里不禁空落落的。

"你这样会变老的。"吉尔批评她,"我们在哪儿睡不都一样?以前我们什么时候也发生过这样的事。"

卡门对吉尔腼腆地笑起来。

"你说得有道理。是我身上美国人的那一面这几年没有了,吉尔,主导我的是智利人的一面,所以有点死脑筋。现在我的行程有严格的计划,录节目的时候连一分钟都不能错……"

"在这儿你可不是什么著名作家,放松点儿!"吉尔嘲笑她说,卡门也的确放松了许多。

两个人相伴着去餐厅吃晚餐。在餐厅里,卡门突然感觉有不祥的预感。这时,有消息传来。半小时后,飞机起飞了,马力全开,一路冲向高空,发动机在吼叫,螺旋桨在鸣笛,齿轮在呻吟。但是飞上天空后,居然什么都看不见,这不是大气,而是一团黑暗的固体物质。是山。飞机撞了上去。

无一人生还。

十三

托马斯想在我走之前与我再见一面。他试图平复，或者说掩饰他内心的焦虑，把焦虑隐藏在平日的镇静之下，但是这种焦虑就像恐惧一样，是闻得到的。他邀我在贝亚维斯塔区的一家餐厅吃晚饭，我估计他不想让我同一天第二次入侵他的家。我刚和老板谈完话就给托马斯打了电话。老板认为我必须去一趟墨西哥。最满意的要数校长了，因为终于有人体会到了他的担忧，他在意大利晚餐的餐桌上证明了这一点。

"卡门好几次跟我讲少年时跟父母一起去印度旅行，当时她已经和简姑妈在旧金山生活，但她和父母还保持着联系。我觉得是在德里皇宫里，她的父亲给她看了一句波斯文铭文，译文是这样的：如果地球上有天堂，天堂就在这里，就在这里，就在这里。这段文字是用火刻出来的。很多年前，她第一次讲给我听的时候，我告诉她：没有天堂，卡门，那只是一种乌托邦。'怎么没有!'她强调说,'当然有……要去寻找。寻找,寻找,托马斯。'我想她从危地马拉回来之前其实已经忘了这些话。之后才又提起寻找天堂这件事。"

托马斯很平静地喝了一口红酒,然后接着讲。

"如果您读过她的第二本小说,《砍尽杀光的不毛之地》,您会发现小说中常常出现印度这个地方。在她的大脑里,印度是最有神话色彩的土地之一。"

"印度是迷失之地。"我把小说开篇第一句话背了一遍,是帕梅拉·霍桑说的,"不需要补充任何新颖或智慧的思想。"

他就像看到小孩子完成了他的任务一样,宽容地对我微微一笑。

"有时候她会说起克利须那,但不带任何敬意,就像是她的一个偶尔会想起的朋友。她所喜欢的书籍,被保存下来的并不多,其中就有《薄伽梵歌》。有一天维森特问她:'妈妈,这是什么?''一本诗集。'她回答说,淡淡地一笑,几乎看不到笑容,她的笑是出于疼爱,而不是显示自己的风姿。她没有把那本书看得有多么重要,只是偶尔从中获得一点安慰。"

我听从他的建议,点了乳酪培根蛋意大利面,菜点好后,他继续讲,声音轻柔得好像在自言自语,这个强势的公众人士居然表现得像被消了锐气。

"您知道吗,罗莎?她给加德满都的一所扫盲学校寄钱,她的父母在那里教过一个季度的书。在她的想象中,尼泊尔和印度是一样的……环境都差不多。我试图劝过她,因为我觉得这么做很傻,但是她不搭理我。卡门从来不懂得理财,对于他们这种一夜之间就发财的人,不会理财很正常。她从没告诉过我她的账户,我也没有问过她。"

"再怎么说,那是她自己的钱,没有为什么……"

他好像没听见我说什么。无所谓:要的就是别出声,不要打断别人讲话。

"她对物质性的东西要更加……空灵,如果可以这样说的话。比方说,她会静静地看着我送给她的珠宝,然后把新项链放进首饰盒里,结果下一秒她的表情就变了,喊着说:'我不想拥有这么多东西!'她还给我背莱昂·费利佩的诗句:轻轻地走过,轻轻地,永远轻轻地/不要让万物沉默,无论是灵魂还是肉体……我猜卡门想活得轻松一些。我也努力教过她一些东西。最后,卡门对奢华也很有悟性,就像对朴素一样。自从区分二者之后,她有一种特别的能力,无论奢华,还是朴素她都能享受。但不是以拥有的方式享受,不知我有没有说清楚。"

他吃完了薄切生肉,轻轻地把餐具放在盘子上,用餐巾纸擦了擦嘴,又端起了红酒杯。他的动作一看就是学过的。

"感谢上帝,她失踪之前作了一次重要投资。您可能知道,她儿子维森特在她消失前一周举办了婚礼。婚礼定在了她离开之前,谢天谢地!她给儿子送了一座房子作为新婚礼物,非常漂亮。多好的一次投资,这毋庸置疑……那是卡门唯一一次接受我的建议。但我还是担心……她难道没有把钱交给她的那个游击队朋友吗?"

"但是,校长,这个故事已经过去了!"

"我不知道……有时候我在想,以她的生活方式,要想在我不知情的条件下过着双重生活,对她来说太容易了!她每次出去之后都要去旧金山看吉尔和姑妈,我哪儿知道她是不是真的去旧金山了?吉尔很久以前就看我不顺眼……我看她就是最好的帮凶。卡门的政治思想非常激进,如果从这个角度想,我就不觉得奇怪了。她以前指责我越来越右倾……我花了很长时间给她解释我那是一种中立思想,但由于她没有扎实的理论基础,所以没必要让她区分清楚。"

他又点了一瓶红酒,这回是上好的干露魔爵。从一开始这个品牌的定义就是:这是一种幸福的感觉,你值得拥有。我没忘记眼前这位男人是个自我定位很高的人。今夜我不是什么主角,而只是一个当他精神状态特殊的时候,陪他说话的对话者,在这种状态下,任何回忆和怀念都可能有。餐桌上,红酒慢慢点燃了他的血液。托马斯·罗哈斯现在已经慢慢脱离了昨天那尊骑士雕像的样子,但他正常的时候还是会让我想起那尊雕像。他的内心是挣扎的,他还在努力控制着自己,让自己随时保持权威,而我永远都做不到,哪怕给我十辈子。

"我和卡门在一起的时间差不多跟咱们国家的民主制一样,要从1988年那次历史性的公民投票开始讲起。罗莎,你听我们当时说的话。"

"你投票了吗?"

"没有。"

"为什么?"

"从科学角度讲,我是外国人。但即使不是,我也不投。"

"你怎么能一点儿都不关心……"

"你说错了,这不是不关心,而是我不相信会有所改变。"

"国家现在一分为二,你站在哪边?"

"当然是和你们在一起。我一直都反对军阀统治,并且永远站在穷人和边缘人群这边。我不是一个利他主义者,因为我就是他们当中的一员。"

校长观察了一下我的目光,他想要的是我的理解。之后他的目光柔和得像两口井水一样。

"我们一起度过第一个夜晚之后,当她得知大家可能都要叫我校长的时候,她特别单纯地说:'我从来没跟大人物在一起过!'她的话竟如此拨动我的心弦,真是被上帝遗弃的孩子……没有一点儿自尊。可怜的孩子,相比自爱,她这一生更多的是学会自卫。"

他停住了，似乎说到别的事去了，现在正担心跑题呢。

"我一直认为她是一个勇敢的女人。所以看到她怯懦，在小事和家务事上很笨的时候我心里很安慰。这方面的怯懦对她有平衡作用，知道吗？她能够生活在一个平常世界里，不会飞走……"

"您是在智利认识她的吗？"

"是……不对，其实我在墨西哥就认识她了，是1983年。但直到她首次来智利作文学巡展。因为我给她解释说军政府统治就要结束了，她才第一次考虑留在这儿。我想说不是我给了她这个想法，是她对这个国家非常感兴趣。显然是为了寻根，但也是因为政治和社会进步。于是她写了第一本关于智利的小说《美丽的玫瑰丛间》。但是一路走来她的幻想破灭了，她开始失去希望。她觉得左翼无偿地给这个国家带来了正常化。国家伤害了他们，人们私下可能会说这是一个关于公正和记忆的话题，或者说，无论公正还是记忆，都没有。就这个问题我俩讨论得很激烈。关于智利的那本小说其实是一部政治小说，即使佯装成了侦探故事。"

他用勺子和叉子吃意大利面的时候，我看了看他的手。发现两只手非常干净整洁，我突然想起美甲这件事。跟他的身材相比，那双手显得真短，黝黑的手指又圆又小。让我想起他女儿的那双手，只是肤色不同而已。

"她十八岁的时候，这个国家动荡不堪，她父亲劝她：'当美国人比当智利人舒服，believe me，至少更安全。'她记住了父亲的话。除此之外，她觉得美国社会就像一个庞大到难以确定形状的容器，装得下一切，十分多元化。这一点很吸引她。智利我们很清楚是什么样子，所以我觉得正因如此，她才决定不做智利人。"

我赞同地笑了笑。瞧我在他面前表现得多有素质！我把背挺得和他一样直。马丁·罗夫莱多·桑切斯说得太对了，这么坐谁会怀疑他只有一米六五。

"有一次一个萨尔瓦多女人跟我们聊天的时候说智利是一个'让人心疼的国家'。听到这种极具中美洲特点的说法，卡门觉得很有趣，后来也跟着这样说。但是后来，就在不久前，卡门告诉我她已经不恨智利了，但也不爱，只是厌倦了。从那时起，我想她再也不会为这个国家书写了。"

"您认识她的时候，应该说是您再次认识她的时候，您还是已婚吗？"

他目光责备地看了我一眼，但这目光很快就消失了。他似乎明白，责备也没有用。

"是的……卡门认识我之后问我：'你跟那些人一样，也是已婚吧？'对，和他们一样……这才是您想说的，对吧？"

我略带尴尬地笑了，但依然不放弃问他。

"婚姻幸福吗？"

"风平浪静,这样说更合适。"

提拉米苏一上来,我就已经从心里感激这顿晚餐了,本来就不打算今晚把昨天剩下的炖肉再热一遍,托马斯从皮包里拿出一本书递给我。是西班牙出版的一本访谈录。我自觉懂得不多,至少我知道这是一本很有声望的文学杂志。

"我给您带来是为了让您在飞机上看的……如果您觉得有必要的话。依我看,采访的内容有点儿过了,但这是内容最长也是她最好的一次采访,至少不失真。罗莎,您属于一上飞机就睡觉的一类吗?"

"基本不睡。"

"卡门去哪儿都睡……简直不像人类。您知道吗?第一个晚上我是看着她睡着的,我以为她尚未开化、未经雕琢。结果白天她也跟平常人不一样,一直打瞌睡,她天天如此,可以说她的生活就是看她睡了多少觉。如果睡够八小时,一切都平安无事,能说明这一点的要看她的皮肤,目光是否纯净,头发是否柔软,肩膀是否平直。如果少睡一个小时,我们就不说两三个小时了,她就完了,整个人都阴郁起来。我睡着最多不超过四五个小时,所以我在她旁边常常都是醒着的。我一直记得第一天晚上的那一幕:我在心里念叨,她睡得像动物一样。她睡得很沉,很深,很古旧,而且纹丝不动,像死人一样。"

十四

  此次采访是1997年冬天,在马德里皇宫酒店。时间预定的是下午五点。C.L.阿维拉晚了十分钟后在西班牙编辑的陪同下一起走进大厅。据她们解释,刚才在吃一位叫作卢西奥的马德里粉丝送给她的煎荷包蛋。她穿着一件长款的黑色大衣,一条红色围巾给脖子增添了不少生气。她的脸颊被下午的寒冷冻得红红的,头发有点儿乱。她身材健硕,皮肤呈棕色,脸型和小说衬页上的照片一样棱角分明。

  在专为她准备的大厅里,我们一起在扶手椅上坐了下来。她问我摄影师回不回来,语气有些懊恼。"我必须梳梳头发,对不对?"放轻松后,她要了一杯咖啡,然后从包里拿出一盒烟,整个漫长的谈话期间她几乎把一盒都抽完了。她的助理有几次打断我们,过来给卡门捎口信,卡门很不耐烦地听着,看来她并不觉得着急。她深色的瞳孔几乎一直在闪烁,似乎在预示:好好问我吧,今天我必定坦诚相待。

"关于您的童年,我们大家都不怎么了解,您介意聊一聊您的童年吗?"

"我出生在智利南部的一个村子,就在纽布莱省,名字叫克鲁兹将军村。地图上应该看不到。我父亲理查德·莱维斯是美国人,他四处漂泊,最后不知道为什么来到了这个世界的尽头。他在奇廉南部的布尔内斯市认识了我的母亲,路易莎·阿维拉,是一家杂货店的店员,然后相爱。对村里人来说,他们的女孩儿嫁给外国人是一件无比光荣的事情。头几年他们生活在村子里。父亲种地,是外婆的一小块地,我们和外婆住在一起,母亲照顾我。每年过生日的时候,父亲给我做一件木头玩具。他做的玩具很好看,也是我唯一的玩具,所以我非常宝贝它们。直到有一天他厌倦了这种原地不动的生活……他决定继续闯世界去,但是这回有老婆陪着他。他们走了……来来回回很多次,后来他们到了亚洲,并定居在印度了。我被留给了外婆。"

"您没有别的亲人了吗?"

"父亲有一个姐妹,叫简,在旧金山。母亲的两个兄弟不在村子里:一个移民到阿根廷,另一个去了北部的硝石矿区。所以就我和外婆一起生活,她叫弗洛伦西亚。我在村子里上了学,学会了读书和写字。周围的村民都很贫穷,我们也一样,但是土地可以帮助我们度日。我记得最盛大的节日就是每隔两三个月我跟着外婆坐着一辆快要散架的汽车去奇廉，然后外婆在那儿给我买一个冰淇淋。就一个。是那种蛋筒冰淇淋，奶油从机器里滑出，一波一波，色泽柔和，然后留一个尖……我很喜欢！在克鲁兹将军村是没有冰淇淋的。"

"有人说，您对黑色小说的执着能追溯到您的童年。您从儿时起就产生了这种写作题材，并诞生了一种气氛紧张、暴力和破坏性的写作风格。这种说法对吗？"

"估计是指外婆去世这件事，对吧？外婆认为，人一生最有尊严的事情就是在死之前拥有自己的棺材。她用一点点攒下来的钱给全家人一人打了一口棺材，她自己的，三个子女的，后来还有我父亲的。我的还没做……这五口棺材存放在二楼的阁楼里。全村人都很羡慕。因为外婆岁数大了，她就让我去看守和打扫这些棺材。有一天，我正在楼上的时候，外婆的一个外甥女来了。我记得她怀里抱着一个婴儿，正在哺乳。外婆当时在床上，她们没看见我。她们俩吵了起来，因为那个姨妈想要一口棺材，她认为表哥表姐们将来都死在外地，用不着这些棺材。正如所料，外婆不愿意给她。她们越吵越厉害。外婆打了她一巴掌，姨妈拿起床头柜上的烛台重重地朝外婆砸了过去。她逃跑了。我一直藏在上面，下来后我发现外婆已经离开了人世。"

"就是说您是这起凶杀案的目击者……"

"不敢说。当时我年纪还小，只有十一岁。警方判断是外乡的强盗干的，后来一个邻村的男人被抓了起来。我继续在那里上学，杀害了外婆的姨妈搬到我家来照顾我，她从没想过我是那件事情的知情者。那时候我一直在犹豫，到底是让他们冤枉一个无辜的人还是去揭发自家亲人。"

"这件事情后来是怎么解决的？"

"我什么都没有做，直到我父母回来，我把这件事告诉了他们。他们立即把我带到了佩穆科。那里有法院，他们让我悄悄告诉了法官。之后简姑妈来把我带去了美国。待我平安到达后，他们开始重新审理那个案子。我父母代我做证人，那个姨妈没多久就招供了。这件事在村里引起轩然大波，那场景能想象得到。有人对我们非常不满，于是我父母把所有家当都卖了，东西很少，包括棺材在内，然后永远离开了那里。从那之后，我再也没有回去过。"

"那位姨妈……后来怎么样了？"

"死了。在监狱里没关多久，不知道是什么原因。我记得她死的时候还很年轻，患有肾病。我常常想起她怀里那个吃奶的孩子，无知地目睹了母亲的凶杀行为……"

"您的小说就是来源于这些事情……"

"对。开始写作的时候，我很清楚，如果我不把这个故事讲出来，我就无法放飞想象。于是，我创造了帕梅拉·霍桑这个人物,她就是那个母亲怀里的小女孩儿……小说中的环境很不一样,是旧金山,而不是克鲁兹将军村。"

"那你后来有那个远房表妹,就是那个婴儿的消息吗?"

"您以为呢?"(她顽皮地一笑。)

"那就是说,您十一岁搬到旧金山生活,那您的父母呢?"

"他们在印度定居了。您不要以为他们在德里住的房子有电话,有地址……不是的。他们在流浪。他们四处借宿,有时候在修道院里,有时候就在大街上,慢慢地他们开始信仰神秘主义。对于在智利南部一个小地方的售货员来说,这一切都太疯狂了,所以很容易受丈夫的想法左右。他们偶尔回来看看我,还带上我,那时候还是个婴儿,继续过着东奔西走的生活。正因如此我爱上了打赤脚……"

"您有被抛弃的感觉吗?"

"当然有啦。在我看来,我就从未拥有过什么。我时常困惑,儿时的卡夫卡在父亲的阴影下,内心充满自卑,为什么这种自卑感之后会化为一种高贵和卓越?为什么我没有……"

"您的印度之旅给您留下了哪些最深刻的记忆?"

"应该是尼泊尔。当他们带我去加德满都认识库玛丽,是全世界唯一的活女神。是一个小女孩儿,生活在加德满都的一座庙里。她被关在高墙之内,白天有时会探出窗口问候大家。我当时很小,一直在花园里等着,直到她露面。看到她竟然和我年纪相仿,我吓了一跳。她向大家挥手致意,我注视着她的眼睛:她是女神,同时也是一个囚徒。她很小的时候被选为女神,于是离开了家。从此,她的人生改变了,人们养育她、教育她,为了让她永生,然后受人膜拜,她活得已经不像人,而是神。选择活女神的要求之一是身体没有任何疤痕,从没流过血,这是仪式,也是信仰。到了青春期,初潮一来,她就不再是女神。一旦她的身体流血了,她的任期就结束了。月经残酷地让她重新变成凡人,而凡人的生活也已容不下她。"

"您能想起的就这些吗?"

"剩下都是感觉上的:那儿的传奇性让我受到震撼,还有贫穷在哪儿都是一样的,印度乡下的路和危地马拉的也许差不多,贫穷把两地能联系起来。但真正的感觉是一种气味:这种气味粘在身上、衣服上、头发上,没有人注意到它,这种气味说不清楚,但是只有在印度才会有。"

"那神秘主义呢?"

"我相信灵魂是另一种感官,最深奥的一种。"

"您最后一次去看父母是什么时候?"

"1984年,我的第一本小说出版前夕。从此,我的心中不再有印度。"

"他们也没有了吗?"

"不对,是他们不再要我了。当时已经没有联系的可能了。

如今他们在北部喜马拉雅山坡上的锡金邦，住在一座佛寺里。从日出到日落他们下地干活，其余的时间念经祈祷。他们穿着随意，目光炯炯。又或疯狂，取决于你想怎么看。"

"我们回头聊聊旧金山吧。"

"简姑妈讨厌男人，所以终生未嫁。不过，她有很多非常要好的女性朋友。那时候，她在一所公立学校教书，所以把我也送到那里读书。我每次从印度回来，英语都会忘得一干二净，因为跟父母在印度的时候，我只讲西班牙语。姑妈就把我从上到下洗刷一遍，脚都被刷出血了……不仅为了把我洗干净，也是想让我忘记西班牙语。但是多亏了姑妈，她坚持让我广泛读书，虽然听起来有点矛盾，我才没有忘记西班牙语。

"再大一点后，有时候我好几周都沉醉在放荡不羁的生活里，她就会大发雷霆。我觉得我一直在想办法让姑妈允许我按照自己的想法做事情，而不是按她的想法，直到后来我答应她做一个好姑娘，并且完成应有的学业。"

"学业完成后您开始从事什么工作？"

"我走了，并且得到了姑妈的允许。我走得漫无目的，就像父亲那样。最后在佛罗里达南部的基韦斯特住了下来。我靠唱歌营生，一个朋友用吉他给我伴奏，海边有很多像我们这样的人。基韦斯特很漂亮，您去过吗？"

"还没有这个荣幸。"

"后来我们开始走遍全国,真的太大了。但是到了得克萨斯我就厌倦了。在一个下雨的早晨,我在墨西哥边境线重新燃起了云游的欲望。正如大家所说的,那是一条巨大的疤痕。我穿了过去。"

"您也爱东奔西走……"

"到了墨西哥城,我停下了脚步,我在那儿一待就是十年。"她微微一笑,"在那儿发生了太多大事:我有了第一个儿子,也是独生子,我的第一部小说,我的第一份爱情。"

"我们分别说一说:您的儿子……"

"维森特。1974年出生,当时我非常年轻。马尔科姆·劳瑞曾说:'墨西哥孩子不哭,因为他们知道人的悲剧命运。'维森特生下来就是墨西哥孩子。(沉默中,这位作家目光远望,但很快又漫不经心地收回了,似乎她一直是这种态度。)孩子的父亲是美国人,孩子出生前死于一场车祸。"

"您的第一份爱情……虽然您在那之前可能爱上过某个人,但是对您来说,爱情到底是什么,卡门?"

"爱情?是一部伟大的小说!(停顿。)爱的时候,之前的那些感觉我认为都不能叫爱情,因为这才是爱情,曾经的都不是。当我真的遇见爱情的时候,它就像季风一样把我的理智吹得烟消云散,没错,就是那种印度洋季风,理智被高高卷起,然后从高空掉下来,支离破碎。但是您知道,随之而来的便是风平浪静,换季了……而我也成了孤独一人。"

"发生了什么?"

"没啥,很小的事情……一切都足以摧毁、破坏、粉碎一颗脆弱的心。墨西哥男人的问题就在于从不放弃自己已婚的身份……(她笑了。)"

"在您开始写第一部小说之前,您在墨西哥做些什么?"

"我住在城南的一座大房子里,是一位作家的房子——我认识的第一位作家。他把整个一层都租给了我,我住了其中一间。我靠手工制作首饰来营生,做好后去科约阿坎主中央广场去卖,广场就在我住的旁边。这足够我生活了,我便以此为生。墨西哥人的礼节,真的,让我觉得活得像个人。您可知里戈韦塔·门楚是怎么形容墨西哥这个国家的?流亡者的避难所。"

"说说您的第一本小说吧,《女性无话可说》。"

"是1984年出版的。我用英文写的这本书,也是我唯一一本用英文写的书。起初我把书寄给简姑妈看她能做点什么,但很久之后我便忘了。再后来,我到了萨卡特卡斯市,孤身一人,我决定给姑妈打个电话,只为让某个人知道我还活着。她一直在等那个电话,我得到了那个巨大消息:我的小说即将出版!那是她送我的最好的礼物。要不是她费心,辛苦给我修改语法,事情可能就是另一番景象了。我记得当时我走在萨卡特卡斯市的繁华街道上,穿梭在路人之中,他们没有收到刚才那通电话,我心想,这些没有收到如此好消息的人此时此刻以一种什么样的心情走在大街上。然后天就下起了雨。"

"您的回忆总是充满画面感。"

"所以我才写作。"

"为什么您会成为小说家？"

"因为我需要拥有点什么，是法律意义上真正属于我的东西。"

"所以在萨卡特卡斯市下着雨的时候……"

"他们早已把合同寄到首都去了。签了字就会把钱给我。'我会先给你一笔预付款，'姑妈说，'给自己好好庆祝一下。'收到这笔钱，我就离开小出租屋，去了金塔实酒店。那可能是墨西哥最美的酒店。古老的引水桥穿过一片昔日的斗牛场，只有墨西哥人独特的爱好和建筑审美才能将其改造成酒店。您能想象在古老的斗牛场看台上用餐吗？"

"也就是说，您当时条件不是很好。"

"条件不是很好？不用说得这么委婉，我当时的确没钱。现在回头想想，给我的钱真是不多。任何一家正规出版社给一位不熟悉的作者都会只给那么点儿预付款。而在当时，我觉得那是一笔巨款……谁叫我一无所有呢！所以我才去了金塔实酒店，在此之前从来没住过好酒店，您能想到我当时有多么兴奋吗？我在蓝白色浴帘遮住的大理石大浴缸里一天泡三次澡。我走在红色回廊里,目不转睛地观赏那些古老的石头和曾经斗牛出场时经过的崎岖道路,而城市也会随着光线变换着她的容貌。"

"您当时不觉得孤独吗?"

"非常孤独,但我喜欢那种感觉,现在依然喜欢。"

"为什么?"

"因为真实。我讨厌那些虚假的感觉。但是您知道吗?我当时并不孤独……我读了《战争与和平》。我记得当时小说里的女性人物让我很愤怒——不知托尔斯泰笔下的女性是这样,还是那个时代的女性都这样———页一页翻过去,她们从头到尾都在抹眼泪……但不管怎样,我经常重温托尔斯泰的作品,在我看来,完美的小说就属19世纪的小说。"

"总的说来,美国、墨西哥和印度都有丰富的文化,却又彼此不同。您是如何将其融合在一起的?"

"这个……我该如何回答呢?这个问题涉及面这么广(她思索地看着摄影机,并不急于回答)。也许可以借奥克塔维奥·帕斯来回答,您读过他的《印度札记》吗?"

"读过,几年前吧……"

"好,正如他所说,美国没有历史,是伴随着现代化而诞生的国家,无所谓是什么历史背景的人组成了美国人民。从这一点来说,那里有非常适合我的一面。而我的另一面是把目光投向历史,这在印度和墨西哥我有大量发现,这两个国家正在现代化的筹划中，但若如此，他们的未来，即使是非欧洲式文化，也会牵连到他们的历史，因为他们的文化极其灿烂又富有活力。两个国家的相似之处可能超乎人们想象，也就是说，两国处于同一个矛盾之中：认为历史是一种阻碍，却又赞扬历史，想要拯救历史。我也是……生活在决裂与拯救的撕扯之中。"

"现在是什么让您不安？又是什么让您恐惧？"

"发现不可能有天堂，发现没有一个可以阻止毁灭的地方。"

"您的意思是？"

"随着时间推移，理智在我的价值排序中逐渐失去了意义。世界对我越来越不友好，用理智不可能与之抗衡……不知道大家是否都有这个感受？我日益喜欢孤独和宁静。对海洋我已经惧怕了，不再想穿过大海。也许将来我会跟您说，我觉得机场的航站楼越变越大，指示牌我也看不大懂了，我会坐错车，不会在机器上取钱……我会在我认识的城市里迷路……我不再进步，不再从经历中学习，我在倒退，世界对我来说变得越来越大。"

"很难想象这样的事情发生在像您一样的人身上，并且还会承认……"

"要知道，歌德曾经对看得见的秘密进行过讨论。我很喜欢这个概念，您知道我想说什么吗？就是太明显，以至于大家都看不见的秘密。"

"您看到了什么解决办法？"

"抱歉我又要引用一下,但我觉得用在此处很适合。约瑟夫·罗特在《萨沃伊饭店》中写道:'女人不像我们男人,因为轻率或懒惰而干出些蠢事来,然而生活的不幸却能让她们干得出来。'或许我会想出什么蠢办法来。(她微笑着。)"

"您现在觉得自己看起来是什么样子?"

"在印度,任何一处皇宫都有光塔,我就像一座光塔里的一位公主。四面高墙保护着我,高塔之上一切尽收眼底。但换个角度细看,我其实是囚徒,就像库玛丽女神。"

十五

经济舱里,我坐在一点儿也不舒适的座位上,旁边的乘客睡着了,还毫无顾忌地朝我歪过来,估计我是睡不着了。飞机上位置全坐满了,怎么这么多人都和我去同一个地方,是什么原因让这些人也去那里呢?

任何事物都应该在它原来的位置上:我是一个普通的女人,典型的智利中产阶级人士。国家经济的上下摆动影响着这一阶级人群的多少。除了家人和一些朋友,我从来不是什么重要人物。世界上绝大多数人都是如此,估计有百分之九十九。我从来没有那个荣幸看到自己的名字印刷在某个地方。在那个乌托邦的年代,我梦想着自己能代表贫民的意愿,并为了站在他们的立场理解生活,我参与了战斗。

甚至我这副皮囊也不过是这片大陆上的无数皮囊之一。这副皮囊如此平凡。我比那个校长矮两厘米,也就是一米六三。体重六十五公斤，无论我怎么努力也瘦不下来。我的发色一直是深棕色，但如今，为了遮住那些白发我不得不去把头发染成桃花心木色。我的眼睛是咖啡色，五官平平，我身上没有任何出众的地方。我身材宽大，甚至有点儿像方形，从来没腰身，哪怕是在最朝气蓬勃的青年时代也没有。我每天告诉自己，我保证不再碰面包和面条，我要每天早晨练腹肌，要抽空去健身房，健身房就在公寓附近的图里大楼里。然而，意志不坚定、行动不规律将一切变成了空想。最终，我没有把这辆赛车保养好，而这种精致也是需要很多时间的。我靠化妆来延缓衰老，因为我始终认为尊严是最重要的。总之，这些年我一直认为自己是一个比较和善的人。描述外貌特征这样一件没有意义又与重点无关的事情，在我看来就是一种日常状态，不是我妄自菲薄，我真的可以肯定，我就是这样平凡地活着。如果有人认为这话有点儿危言耸听，是自我诋毁，那就错了：生活本就如此，没什么特别的。至于我现在的工作，又没什么不好的。

曾经，我是支持我国社会主义梦想的智利女性之一。如果当初我壮大了流亡队伍，那么主导者也不是我，而是我的丈夫，是他。生活教会了我无数东西，我活了五十四年，这五十四年不是白白地就过去了。或许我学会了一切我应该学会的东西，其他的我也接触不到。我是个罪人，在很多方面都罪孽深重，特别是我总是意志消沉，而这从本质上来说，是智利人共有的一种情绪。

对现实幸福的一切渴望对我来说都是一种刑罚，因为凭直觉，我认为我们永远无法实现这些理想。我又是犹豫的，因为有时候我能理解眼前这个世界，有时候我甚至觉得，我其实可以成为它的子民，没准大伙儿和我都有这种经历。有一件事情，它的不确定性和重要性成为我学会的事物之一，那就是对于一个女人来说，独立是一件很困难的事情，哪怕在如今这个世纪交替的年代。追寻自决权的女性几乎始终都要付出高昂的代价。"自由"这个词对于女性就是一个谎言。我只有试图逃避，不去直面这残酷的现实，

因此，从女性的角度去思考，并掌握仅有的一切，我必须把自己想象成另一个女人，她和我太不一样了，她是那百分之一的例外。我必须能够站在她的角度去思考。我们是完全不同的两个人，但为了站在她的角度思考，我唯一的特点，也是男人理解不了的特点，因为这是天生的、身体内部的特征，那就是：C.L.阿维拉也是女人，我们生活在同样的法律环境中，被迫服从于它们。

读完了她的采访录，我没想到托马斯·罗哈斯在读完这篇文章之后竟没有受到半点儿伤害。如果不是他主动给我，我根本看不到这篇文章。他把这篇文章交给我，不仅让我看到了矛盾之处，还让我隐隐觉得他是在赎罪。马德里，1997年冬天，1月或2月，也就是说她接受采访之后不到十个月就失踪了。他的妻子

在采访中不仅没有提到他，还直接表示自己活得不幸福。还有她提到的那场伟大爱情，虽然持续数载，竟也不是托马斯·罗哈斯。或许她表面上和一个墨西哥人在一起，背地里，这位小说家，把那个哥伦比亚游击队员隐藏在她的书中混淆视听，似乎是件不齿的事情，她把这个人藏得如此深。

事到如今，不需要心理医生来诊断，C.L.阿维拉应该患有抑郁症。在她失踪之前的时间里，一切迹象都能说明：善变、失控。那么，各种可能的情况随之也变得越来越多：对于一个抑郁的女人，什么事情都有可能发生。她的反应不再敏锐，警觉心下降，头脑不够清醒，人多的地方更易引起不适。作为一个作家，C.L.阿维拉没有允许自己做任何出格或任性的事情：这十年来，她没有躺在床上，没有逃去附近的村子，没有要求删掉书页上的作者照片，没有酗酒，没有吸毒，到了国外没有把自己关在酒店里或没完成计划第二天就走人。都没有。她一直履行一名90年代末的成功作家应该遵守的原则。而这使她饱受折磨，没错，也当然了，只不过她把这些痛苦埋藏在心里，就像古老的雕刻宝石里珍藏的一缕头发。

一到墨西哥城，我反倒变得迟钝，行动不便。看来我早就在C.L.阿维拉的掌控之中了。这个国家对一些人的压制平息了一切动荡。飞机着陆之前，我看向右边，寻找着那两座火山。两座金色的、紫色的火山一动不动，它们在坚守，任由谁都无法阻拦。一个是波波卡特佩特火山,正冒着烟,另一个是伊斯塔西瓦特尔火山,昏暗、坚固,触向天际。我被眼前的景象深深地吸引住了,从骷髅面包到骷髅纸花,到处是墨西哥的死亡之笑。这里是下流双关语和黑色幽默之乡,它们就这样又绿[1]又黑地向我呈现开来,正如它绿色和黑色的泥土,比如马德雷山脉,这条巨蟒进进出出,穿梭,环绕,朝那边探了探头,一看不是它的地盘,又朝这里探出身来,便惊动了整个墨西哥土地。

乌戈在等我。我想起了曾经的那段婚姻,就像一个冰箱,里面储藏着永远都吃不到的美味佳肴。什么时候是吃鱼子酱?具体要过多长时间才能吃法式肉酱?为了什么事情才能开香槟?一切都是失败,是陈年旧事,没用了。不过是夭折了的幻想而已。

真遗憾!竟然在1月份来到这座城市。距离上次乌戈和孩子们请我回去已经过去六年了,当时想我要在多雨的季节回去,那个山丘被雨水洗刷的季节。我和墨西哥的雨水就像一对恋人。在墨西哥,水与快乐相连,与温柔清新的空隙相连,与勃勃生机相连。而在智利则相反,水总是跟贫穷相关,比如寒冷、淤泥、致病的湿气。实际上,我在它干季的时候回来了,很明显地感觉到来到了高原,还有污染。乌戈给我灌输了一大堆需要注意的安全问题:不要随便乘坐大街上的出租车,而要电话叫车。在车上要

---

[1] 作者在此处用了双关语,在西班牙语中,绿色有"好色的"之意。

把窗户关好，以免遇上枪支，身上不要带大量现金。我几乎没怎么听进去，因为从心底我愿意相信他说的。我没准备好去接受这里发生什么改变，比如咖啡或者烟草，那可真叫人上瘾。我想至少在这方面我和 C.L. 阿维拉如同姐妹一般。

从机场出发，我踏上了一条熟悉的路，我们一路向南去特拉尔潘区，最后到达奥林匹克村，我曾生活多年的家就在那里。十三号楼还是以前那样。隔壁住的还是那个阿根廷人，他也是众多流亡者中，就像我前夫一样，选择了流亡在异国他乡。乌戈问我想在这里当家还是更愿意当一个客人。当家庭主妇就意味着一天发牢骚，我选择后者。我不免讽刺地笑了笑，我想起拉美一位有钱的夫人向帕梅拉·霍桑表示自己有多么喜欢住酒店：只有在那里才觉得自己是一个成熟而独立的人，只有在那里才能不受干扰，只有在那里才能躲避那些生活琐事，只有在那里可以不用做饭就能享受美食，只有在那里才能与男人平等。

亲爱的托纳蒂乌还是和流亡的那段日子一样，是个忠厚之人，答应第二天与乌戈见面。当乌戈告诉他我来了，并且我就是那个打探之人，托纳蒂乌听后并没有什么反应。不是因为他不够尊重我这个人，而是他很有墨西哥人风格，重要的事情只在男人之间讨论。

乌戈做了一道我最喜欢的菜：墨西哥爆浆甜椒。我一口气把芝士馅都吃光了，乌戈挑着有肉馅的吃。吃完晚饭，我们喝了几杯龙舌兰酒，品质是两个月至一年的，乌戈说是纯度百分之百的蓝色龙舌兰。接下来的情节，想都能想到，便是我们的孩子：在这件只有我们两人津津乐道的事情上，没有谁会乐意加入。有时候我觉得，生孩子之所以需要两人的力量，就是为了不让另一方觉得无聊，为了能够有个人分享讨论子女的这份快乐。

刚到的时候，乌戈就把我的行李放进了以前两个孩子的房间，里面还是那两张一模一样的床、书架，墙上依然挂着那些蓝十字小旗和切·格瓦拉海报。埃米利阿诺·萨帕塔，一张革命时期的黑白照片，是我在卡萨索拉档案馆买的，现在还在分隔两张床的墙面正中间。我想得到这两个孩子回来看望父亲的时候对这间屋子有多么的眷恋，那是从儿时就有的温度。

等我们决定要把当天的事情做完时，我突然发现这是四天以来，也就是从我接手这个案子以来，第一次这么长时间没有思考C.L.阿维拉。今天是周四，刚刚周四，但我觉得自己作为那些热爱事业的女性当中最差劲的一个，还是心有愧疚，于是我跟乌戈要来她的录像。我拿到房间里来看一看出版社昨天给我寄来的录像带，是她出席迈阿密书展的时候录的，也是她最后一次公开露面。

我一边打开机器，一边听着旁边卧室的浴室里传来洗脸池的水流声，我想到了我和C.L.阿维拉的另一个相似点：我们都能把一个男人对我们的友情认为是曾经某个时候的伟大爱情。

我睡不着，刚才坐了八个小时的飞机，感觉自己还在飞。我听着C.L阿维拉在录像中的声音，那是很有特点的声音，沙哑而平静。我最近觉得沙哑的嗓音拥有独一无二的魅力，这种魅力是声音尖细的人永远都不可能有的。

见面约在墨西哥城的另一端，在历史中心区第一街角的一家咖啡馆里。我也去了，走进瓷砖之家的桑博思餐厅之前，我和乌戈把流程又过了一遍。他和托纳蒂乌约在了一楼，从五月五号街的入口进入，就在柜台那一边。而我从马德罗街的入口进入，我上到二楼，穿过书店，走进旁边的咖啡厅坐了下来，那个位置恰好不会被他们看到。

谁都不会去说托纳蒂乌是个大嘴巴，该讲的不该讲的都说。但是，我的两支香烟，再配上一杯淡咖啡——这是极不好的美式习俗——我觉得时间完全够了。无数的东西和画面浮现在我的脑海，甚至我想到亲自去墨西哥格雷罗州。就在这时，门槛那里，乌戈出现了，他健壮的身形彰显出任何男人清晨的自信，曾经我就扑向过他的身体。

"冷静，罗莎，冷静。"

"快过来坐下跟我讲讲。"我焦急地给他把烟递过去，又点了一杯咖啡。

"我按着你跟我说的做了。是这样：前不久他刚好去过那儿，所以消息很可靠。第一，蒙蒂指挥官最近一段时间没来看过他们，并且前一段时间也没有。他为了墨西哥的这些兄弟们一直在忙着推翻哥伦比亚政府。他们没见过他，连消息也没有。第二，最近几个月他们从来没有绑架过谁，我跟他说得很清楚，是从11月底之后算起。第三，军营里确实有女人。但据他说，没有人是被迫待在那里的。此外，他们在很多地方都有同伙，城市、村镇，其中不乏女性。但是地域问题，他不可能认识这些人。我跟他说打听一下她们中间有没有C.L.阿维拉，他吓了一跳。他认为既然是个名人，就算真的加入了他们的队伍，她也会被藏得很隐蔽，否则会很危险。我看他说话犹犹豫豫，但不管怎样他说得也有道理。就像他说的，如果C.L.阿维拉真的跟他们在一起，他要是把这件事告诉你，你会拿去做什么？出于我们的老关系，我跟他保证说不会对他们造成任何影响，不会报警或者类似的行为，我本来觉得没必要这么跟他讲，但我还是按照你的要求做了。我跟他说，要是C.L.阿维拉在这儿的话，你想见一见她。他看我的眼神似乎以为你疯了。我觉得你没有参与刚才的谈话，他应该感到很高兴。"

"我知道，乌戈，C.L.阿维拉不会主动跟他们在一起的。因为发生了太多绑架。也许他们把她藏了起来，借等待他们首领之名，逼她交出钱财；可能他们用各种办法将其迷惑住了。"

"我没跟他提这个问题，就当是真的吧。"

"那你们最后怎么谈妥的？"

乌戈顿了顿，只有像我如此了解他的人才能注意到他的脸上掠过一丝愧疚，他耸肩的样子在提示我，他对我、对他自己有点儿愧疚。

"我不得不跟他提起那个手枪上的男孩儿。但实际上，我当时是收了他们钱的……这样做太卑鄙了，决不能这么干。"

（我想我忘记说乌戈是外科医生了。）

"你不应有如此感觉。在政治领域，交易就是交易。游击队更是如此。既然你铤而走险秘密救治了那个男孩儿，你就有权得到一条消息……找到卡门也是拯救一条生命，乌戈。"

我担心给他的压力太大了。因为我在无意识地利用他对我的愧疚——当初他爱上了另一个女孩儿，而不是我——来让他帮我，这要比他收游击队的钱更卑鄙。

"嗯，他会去打探的。可能晚些时候回复你。"

"谢谢你，乌戈，万分感谢。现在，你可以把你们刚才的对话按顺序完整地跟我说一下吗？"

他疑惑地看着我。

"我已经把所有该讲的都讲了……好了，罗莎，我得去医院了。"

我想起来了，跟男人说话的时候，在男人看来，删掉与实质问题无关的信息，剩下的就是全部内容。

"你白天打算做什么？我六点下班，然后可以一起去看电影或者看你想做什么。"

"我要去弗朗茨·梅耶尔博物馆，那里经常有很值得一看的展览。然后我到处走走，比如去公园，我也不知道……我不会叫任何朋友的，感觉不太合适，在这个时候我不能把事情混着做。"

"嗯，行。你带家里的钥匙了吗？如果你想休息一下的话。"

在马德罗街的人行道上，我们告了别。于是，我准备开启这轻松愉快的一天。

第二天早上洗完澡，我们一起在桌前吃早餐，曾经，这样的场景发生过无数次。我心想，将来在临死之前能不能有这样的待遇，有人给我做早饭，还把饭送到床边。我告诉乌戈，我在家等托纳蒂乌的电话。

"昨天才和他说的，罗莎，他说需要些时间答复我们，他的意思很清楚呀。"

"你怎么知道他们是不是昨天就进行了上层会议？他不需要去格雷罗州打探，我敢发誓，消息就在此地，首都。"

"你不用发誓，在这方面你又不是专家。你这样关在家里作无用的等待，我很难过。怎么说今天是周六……来吧，罗莎，出去走走……"

"看一天电视……然后翻翻你的书也没什么不好。行了，你去吧，我要是想出门就会出去的。"

"好吧,如果下班早,我给你打电话。"

乌戈走后,我把餐具洗了,甜面包一口都没有吃,我原样放回了食品柜里,贝壳甜包、甜甜圈和蝴蝶酥总是让我欲罢不能。没想到我迅速就回到了以前的角色,似乎中途从未改变过。

乌戈回来之前,正如他所说,托纳蒂乌并没有来电话,但是我有了新的突破口。

"麻烦你坐过来,跟我说说圣地亚哥·布兰科,把你所有知道的都告诉我。"

"圣地亚哥·布兰科?是墨西哥著名作家,其他国家也有他的书。他曾经非常关心智利流亡,你不记得这个人了?他写文章抨击军事独裁,参加我们当时组织的各项文化活动。"

"还有什么?"

"嗯,他是个伟大的小说家。关于他的私生活,我一点儿都不知道。不过,如果你感兴趣,可以问问隔壁的那个阿根廷人,他是大学里的文学教授,也许他知道得更多。总之,这个国家虽然挺大,精英却不是很多,精英之间也都很了解。等一下,我给你看……"

他起身朝书架走去,在客厅红黑色雕花木柜后面那堵墙上。我看他找来找去,嘴里还骂骂咧咧。

"你在找什么?"

"他最好的一本小说,那本书让他声名大噪,我曾经特别喜欢……但是我找不到了，不知道谁动了这些书……"

我走进我的房间，应该说是孩子们的房间，拿了几本书出来，然后拿给他看。

"是这本吗？"

"对，就是这本！你拿走了？"

手中这本书设计得很漂亮，封皮是五彩大地，当时被这本书吸引完全是因为它就放在《死亡无言》的旁边。这本书名叫《母狼》，是圣地亚哥·布兰科写的一本小说。

十六

每次接手一个案子时,老板就给我们送一个笔记本,方便我们记录所有调查过程中收集到的资料和信息,我想,他是为了提醒我们工作要靠智慧,而不能光凭两条腿,因为有的人竟然连电视里的鬼话都相信。可是,说他是老板,反倒像个未开化的原始人(他也因此拥有非常敏锐的直觉能力)。他发的笔记本就是学校用的那种线圈方格本,我儿子上大学就买的那种。如果有人以为是那种平滑、光亮的白纸装订在一起的精美记事本,那可真是想多了。这个本子从上周一开始,日夜陪伴着我,现在居然一下子写了那么多页,以前从没这种情况发生。我从床头柜拿出笔记本,把圣地亚哥·布兰科那本小说的题词抄了下来:

我似母狼。

群羊与我,不相来往,

平原愿弃,高山唯享。

我有我子,私生之养。

(……)

我似母狼,

形单影只,傲视群羊。

自足自给,我即为王。

勤勉以励,智慧相帮。

(……)

我子至上,唯吾亚之,

诸士世事,为虚为妄。

摘自《玫瑰的不安》,阿方西娜·斯托妮

　　下午四点,我刚看到小说的第九十页。突然,我蹭地一下冲到电话旁边,我必须马上和托马斯·罗哈斯谈一谈。正好周六,办公室不上班。但他的女秘书至少不会拒接我的电话。我想起一件让人愤怒的事情,所有重要男士的女秘书都是一个样子:她们自以为拒绝领导电话绝对能从领导那里争取到特殊地位,就好像作为人,她们的重要性就体现在这件事情上。是乔治娜接的电话,很客气地告诉我校长和家人在卡查瓜过周末,让我往那边打一下试试。当我终于打通了他们的海边别墅,电话里传来了安娜·玛利亚·罗哈斯的声音,她说父亲正在打网球,可能一个小时左右回来。我留了口信之后便挂了。

终于，一个半小时之后，我听到了电话那边校长的声音，听起来很激动。

"罗莎！是我……有消息了吗？"

"请冷静，校长，现在还没有，但是我们一切进展得都很顺利。我现在需要您的帮助。您好好想一想，想一想墨西哥，1983年，您在什么地方认识了卡门？是如何认识她的？"

"罗莎，您疯了吧！我打完网球，回来冲澡的时候，看见了您的留言……我脑海里浮现了千万种可能……明天我有董事会。如果您打断我，只是为了问我妻子最喜欢什么颜色……我刚才还以为是什么急事……"

"您没有明白，校长，电话里我不方便跟您解释，但是这真的十万火急。您就帮帮我，想一想：您第一次是在哪里遇见的她？"

"在酒吧里，科约阿坎区。一个智利朋友，流亡到了那里，有一天晚上他把我带到那个店里，是他给我介绍的。"

"您到了店里，看到卡门正在干什么？"

"跳舞。一个人站在桌子上跳舞，音乐开得很大，酒吧里的人正在鼓掌，很明显，那些人都是老顾客，艺术家们经常光顾的地方。不用惊讶，罗莎，我说过她这个人有点儿疯。"

"那就对了！疯，对吧？是别人跟您说的，对不对，校长？

我是说，那个人就是在那天晚上告诉您的，对吗？"

"您问得真奇怪……没错，是我的一个朋友说的，就是给我介绍卡门的人。您怎么知道的？"

"您女儿告诉我的……"

"啊，我就觉得奇怪……没错，他们跟我说她是个疯子，她跳舞的时候我的目光无法离开她的双腿……当时有很多男士，我记得很清楚，我们站在那里，应该说是靠在后面的墙上，那个酒馆很小，大家都聚精会神地观看。"

"校长，您试着回想一下，她当时穿得什么样？"

"我觉得您问得太多了……"

"是不是穿着一件红裙子？"

他停顿了许久。

"既然您都说了……没错，是红色。但是我当时只顾盯着她的腿了……她穿着长筒袜……就像图卢兹·劳特列克画中的舞女，您明白吗？"

"是那种镂空的长筒袜吗？就是有很多三角形的小洞，像渔网一样的丝袜？"

"没错。我现在都还记得她的袜子，奇怪……但是，您说这些毫无意义的细节有什么用？"

"这个我之后会跟您解释……最后一个问题，校长，她跳完舞之后，您做了什么？"

"我跟她一起走了,罗莎,这件事我不认为您应该知道。"

"你们一起过夜了吗?"

"是的,如果您对细节这么感兴趣,我还可以告诉您我们做爱了。还有其他问题吗?"

"最后一个:她当时是否爱着其他男人?"

"您听着,我们在一起三天,尽管我为她失去了理智,但是我当时觉得我应该让她认为一切都只是偶然,所以我们没有相互问很多问题。毕竟我当时有妻子。"

"您的情况我很清楚,但是她呢?"

"好吧,她永远都在恋爱。她向我提起过她和一个墨西哥人有什么关系,但是我没有在意。其实,我们在智利重逢之后我问过她,因为这个时候,先前的事情对我来说就很重要了。她跟我说没有那个墨西哥人,和她有关系的人是她小说中出现的那个哥伦比亚人……"

挂电话之前,他略带讽刺地说了一句话。

"希望您清楚您该做的事情。"

"您放心,校长,我一直都很清楚我的工作。"

挂了电话,我太激动了,以至于连书都看不进去了。我去厨房烧水,一边等,一边拿了一把手工雕刻和上了亮色的椅子,坐在桌前点了一支烟。"父亲认识她的时候,您知道别人跟他说了什么吗?说她是个疯子!一个疯子,这是把她介绍给父亲的人说的。"安娜·玛利亚·罗哈斯无意间给我帮了大忙。我不安地站起身,拿了那本《母狼》回到厨房。我发现了一种可能。应该是一个吃了醋的男人,也就是这个作家,他偷用了让他吃醋的那个男人的话。这件事就发生在这个女人想让两个男人吃醋之前。当然了,故事就是从这个时候开始讲起。我找了一下出版日期:1985年。我又重新读了一遍开篇的那两页,这回我边读边想托马斯·罗哈斯。

  一个疯子,她是疯子,在桌子上跳舞的那个女人是个疯子,众人如此说道。

  当初要是这幅场景画下来,便是他得到的跟她相关的第一件物品了。一双强健柔韧的小腿,被黑色的拉丁舞袜勾勒出完美的线条,白皙的肌肤被勒出成千上万个小三角,从侧面看就像一副微型棋盘,旋转的舞姿中一颗颗钻石闪闪发光。再看那宽大的红色裙摆,正在人们的头顶飞旋,披肩的卷发在舞步中变得越发凌乱,嘴唇上已经渗出了汗珠,踏着音乐的舞姿干净利落,她双脚赤裸,目光注视着下面热火朝天的人群,墙上打着玫红色的灯光,这些人背对着墙,龙舌兰是一杯接一杯地下肚,处处欢声笑语,香烟和大麻把四周弄得烟雾缭绕,酒气熏天,整个场地拥挤不堪,令人窒息。服务生正端着酒杯小心翼翼地朝里挪,生怕洒出一滴,实在不好进，桌子和椅子挤在一起，挡住了前面的去路。他手中的小酒杯，形如缝衣服的顶针，透出一种说不清的蓝色。这些都与她无关，突然，她闭上双眼，世界瞬间定格在一幅矩形的画面里：一双强健柔韧的小腿，被黑色的拉丁舞袜勾勒出完美的线条，白皙的肌肤被勒出成千上万个小三角。

一切就装在这幅画里。

告别了次日清晨，他竟大胆地去找这个假冒的舞女，问她究竟想要什么。

"在世界的某个角落，拥有一座房子，蓝色的房子。"

咚咚，皮球在地上弹，小男孩儿们抢球，小女孩儿站在旁边看啊，看啊。她不抢，就在一旁看着他们抢。

十七

那天下午乌戈从医院下班回来之前,我连续往智利打了两通电话。和校长通完电话,我坐在厨房里五颜六色的椅子上吸烟,这时候我思如泉涌。

我在飞机上读的那篇采访里,C.L.阿维拉唯一一次谈到爱情,指的肯定就是一个墨西哥男人。"墨西哥男人的问题就在于从不放弃自己已婚的身份"。但是到现在,没人提起过这个人,全部在说那个哥伦比亚游击队员。我感觉似乎在马德里皇宫酒店的那天下午,她突然乖乖地说出了全部事实,也许这和托马斯·罗哈斯有关。如果是这样,她隐藏的不是那个哥伦比亚人。刚才校长说得很清楚:他们俩重逢的时候,C.L.阿维拉否认几年前在墨西哥她跟他提到的那个墨西哥情人。所有的献词都没提,吉尔也没说:我推断,这才是她生命中那个重要的男人,不是路易斯·贝尼特斯。玫瑰不在但仍是玫瑰。要想编故事,一个神秘有争议的人物可比一个作家容易多了,所以就有了游击队的一个指挥官。可怜的蒙蒂指挥官,他会知道自己的形象完全被用来掩盖另一个男人吗?

《母狼》这本小说讲了一段关于无助的故事,把无助这个状态描写得很精彩。对女主人公的心理分析非常细致,要达到这种程度我觉得要有细致而敏感的观察,还要对这方面比较熟悉。在爱恋女主人公的男人无能为力的目光下,女子用复杂的舞蹈动作掩盖和克制了她的内心。

但这一切不足以让我得到结论,对吗?世界上不只有一个无依无靠的女人。第九十页的一段文字让我匆匆忙忙地给校长打了电话。

尽情地疯狂过后,是体力的透支,他说。然后他们离开了,去恢复缝好的伤口。

刚才的舞,是西班牙的弗拉门戈。是意大利的塔塔泰拉。是俄罗斯的哥萨克。这些元素全部融入了她的体内,燃烧着她,控制着她。

"你什么时候学的这些舞步?"

"没学过。"

"这是你第一次跳舞吗?"

"是的。"

我的火之鸟，她的体内在燃烧，所以他这样叫她。他们一直走到那间镜之屋。无数面镜子，无数对爱情在无数的反射中拥吻，在涡轮机的迷失中表演。她的身体被他看了二十遍，然后淹没她，溢满她，赶走了她原有的一切。镜子里投射出涡轮般无限复制的身体。火之鸟，不，他对她说，一只蜂鸟。而她把他推入欲望的迷宫之中，转圈，迷路，再迷路。而他在口中重复着：一只蜂鸟。

一只蜂鸟……直觉强烈，但理性犹存。罗莎·阿尔瓦雷，你不着急吗？但是，任何的调查都需要偶然性。一股强大的力量在告诉我，我没有错。我的结论就是，小说的创作基础就是C.L.阿维拉。她，是遇难者，根据小说的暗示，她也是那只母狼。

就在这时，我打了第二个电话，这次是打到了吉尔在圣地亚哥入住的酒店。没想到她告诉我当天早上她去了卡门在拉斯孔德斯市的家，去给她收拾书房。（给后面来的人收拾？）我发现她可能专门挑了托马斯·罗哈斯和他女儿不在家的时候去。

"吉尔，我需要了解一个信息，只有您能帮我：请问那个作家叫什么名字？就是你们在科约阿坎区租房子的那个房东。"

"你的问题真奇怪，罗莎！难道你要告诉我调查案子需要这个？"我必须承认，自从她把危地马拉事件告诉我之后，我本以为她不会抗拒我的任何问题。"何况我没告诉过您房东是个作家……"

"抱歉,吉尔,给我提供信息的并不只有您,"看到她受到了打击,我感到欣喜,继续假装无知地说,"我想这不是什么很难回答的重要信息吧?还是说我搞错了?"

我几乎能看到千里之外的电话那边一脸不悦的表情。我想,她要是不回答,那就犯了大错。她应该也想到了这一点。

"他叫圣地亚哥·布兰科。"

"谢谢,吉尔,就这些。谢谢您。"

"罗莎,挂之前我还有句话,为什么不把伤害过她的人好好调查一下?"

"比如说?"我一边问她,同时心里很震惊,她居然这么袒护圣地亚哥·布兰科!适当的沉默之后,我想起了托马斯·罗哈斯家中的保姆,还有校长的不知所措,因为当时吉尔离开了那个家去酒店住了,校长后来自己说:"吉尔很久以前就看我不顺眼。""是托马斯吗?"我非常轻声地问她。

"那就是个婊子养的!"

"但是,吉尔,当时我们在一块儿的时候,您怎么没告诉我?"

"因为这不是我的生活,而是朋友的。相信我,我不和这个人断交仅仅是为了维森特……您知道他很喜欢他的继父。"

短暂的沉默。

"您没有别的要说的了吗?"

"不该由我说。但是您跟他说话的时候,问问他卡门的表妹,那个南方姑娘,卡门收养她,非常耐心地培养她,还让她当自己的助理……"

"格洛里亚·冈萨雷斯?"

"就是她……我很乐意知道他的回答。"

可以了,我无法从她那里再多得到一个词。格洛里亚·冈萨雷斯,那个被解雇的助理,她的名词再次进入我的脑海,但是距离太远很难理解到某些东西,只好把她放在一边,继续回到墨西哥作家圣地亚哥·布兰科。

不需要特别仔细认真地读,就能发现一点:如果在心中没有重要的位置,为什么要强调——明确地告诉了记者——她当时住的是一位作家的房子?现在我在意大利广场街角维库纳·麦肯纳街道住的公寓是一位土木工程师的,八年前我从他那里租的,我保证,哪怕他也做过私人侦探,我永远都不可能在一段采访中强调这一点。

就这样,乌戈在回到奥林匹克村的路上碰到了孩子他妈,而我这时又在新的突破口上反复琢磨。他决定请我去南边一家比较小的意大利餐厅吃饭,让我换换脑子,我也觉得这想法不错。(为什么所有人都带我去意大利餐厅?)为了他,我花了些时间梳妆打扮了一下。我看着镜子心想，哪怕现在一百岁，也不该失了某些风韵。

我们正出门的时候，邻居的门也开了，是胡里安·罗西，和所有优秀的阿根廷人一样，他还是那么英俊，岁月只是进一步证实了这一点。估计他小时候吃的蛋白质比我和乌戈多，所以他的意大利血统依然在他身上看得到。他们热情地打了招呼，我估计他和我前夫关系还是和过去一样好。我们一起等电梯，这里的电梯不像我家那么拥挤，我们三个人一起进了电梯。虽然乌戈的表情告诉我要忍耐，但我开始发起了攻势。

"乌戈跟我说你在墨西哥国立自治大学教文学，是吗？"还没等他回答，我继续说道，"你认不认识作家圣地亚哥·布兰科？"

"当然认识，他是学校里的研究员，我们也算是朋友。怎么，你感兴趣？"

"对，我答应了一家智利的文学杂志社，想帮他们采访一下这位作家。"

"哎哟！这么说你是记者！"

"不是，我只是偶尔跟他们合作，因为我在墨西哥国立自治大学曾经上过文学课……"我不知道接下来应该说些什么，觉得自己真是太笨了，而乌戈看我的眼神告诉我的确是这样。"你知道我去哪儿可以找到他？"

"当然……我把他办公室的电话给你，"他从蓝色牛仔裤的屁股兜儿里拿出一个小记事本,一边找布兰科的首字母B,一边跟我说,"不知道你有没有那个运气,几个月前他在埃斯孔迪多港买了一套房子,他现在主要在那边工作……"他终于找到了作家的号码,我们站在昏暗的停车场,他撕了一页纸,把号码抄了下来。"如果周一你找到了他,告诉他就说是我介绍的,你知道,有些时候这些出了名的作家很敏感……"

胡里安·罗西肯定想不到最近我的生活全是各路著名作家,大脑已经装不下任何别的东西了。而就在不到一周以前,这些作家对我来说还摸不到、够不到、看不到。分别的时候,我没有忍住问了他那个本不该问但又非常想知道的问题,就像傍晚的最后一束微光。

"胡里安,你了解布兰科现在的婚姻状况吗?我认识他的第一个老婆……"

"他还是和卢佩在一起,没有什么第二个……他可不是南椎体国家的人,要记得这一点。"他笑着补充道,我们也笑着回应他。

"我觉得你做得太明显了,罗莎……你简直着魔了……你不觉得吗?"刚一上车乌戈就这样说道。

我早就预见到我会受到乌戈小小的责备。这时,脑海中突然闪现出C.L.阿维拉最后一次公开露面的画面,就是前两天晚上我看的那段录像,在迈阿密世界书展中:她不太舒服,没有全程都在那里,最后记者问了她一个问题,是众多针对霍桑小姐的恶意问题之一,她动了动脖子和肩膀,那个姿势显然是一种不适和困窘,我注意到她有冲动想屈服,但是不久之后她后悔了,重新动了动脖子,变成了骄傲的表情。几个小时之后,我在圣地亚哥·布兰科那里读到:当她陷入困境时,脖子轻轻上扬,表情骄傲,驮着货物的骆驼那样高傲,下巴永远指向天,一动不动。

于是我,罗莎·阿尔瓦雷,下巴像骆驼一样划出一道弧线,——印度斋普尔的骆驼?——准备好像C.L.阿维拉一样,面对该来的一切。

十八

墨西哥的女秘书绝对比智利的女秘书友好得多,但这并不意味着圣地亚哥·布兰科的秘书就能让我顺利地找到她的老板:他下午就要离开本市,一周之后才能找到他。为了赌一把,我再三请她把我的话转达圣地亚哥·布兰科:无论他在哪里,有一个智利记者——我强调了国籍——必须在他走之前谈一谈。或许因为大家的兜里都有手机,他跟秘书联系过几次。

周一早上十点半,经过了死气沉沉的周天之后,奥林匹克村公寓的电话终于响了。我是九点半打过去的。还是不多解释那一个小时我是怎么熬过去的,电话让我接起来多少次检查看看好着没。终于听到铃声的那一刻,我点了一支烟,拿了一支铅笔、一张纸,然后才接起电话。电话的另一边,声音低沉但很柔和,似乎没用任何力气,就好像话语在唇间瞬间形成,连嘴都不用张。

"那个,请问罗莎·阿尔瓦雷在吗?"

对，是他，是他直接打过来了，没有中间人。真是个好的开始。我告诉他我必须跟他解释清楚，便把刚才反复练习的话说了一遍。

"很抱歉，但没有办法，我今天必须走，时间不够了……一周之后我就回来，你到时候在这儿吗？欢迎您采访……"

不行，不能一周之后……难道圣地亚哥·布兰科不打算什么时候吃点儿东西？不管发生什么，人总是要吃东西。我们可以利用这段时间……他在齐玛利斯塔克……可以，我知道米盖尔·安赫尔·德戈维多大街的甘地书店，咖啡馆，好的，一个简短的采访……好的，不用马上过来，中午，没问题。

我挂了电话，脸上露出胜利的微笑，刚才焦急的汗水已把话筒打湿。

我在家里转着圈，然后又拿起电话，这回是打到智利的圣地亚哥。我吵醒了马丁·罗夫莱多·桑切斯，那边是中午一点半。

"其实昨晚我没睡……抱歉，罗莎，让我先喝杯水……清醒一下。"

他还没有回来，我记得在那个森林公园的公寓里，厨房离他的卧室并不远。老板给我的网络电话卡在这里估计用不了。他端着啤酒回来了，他告诉我的。

"早饭你就喝啤酒？"我惊讶地问他。

"随时都可以……我没有那个偏见……你说你在墨西哥？跑

那儿去搞什么鬼?"

"找你的朋友,这就是我要做的。"

"噢,卡门啊……怎么样,成功了吗?"

"胜利在望……马丁。我需要一点信息,只有您能帮我。"

"来吧,愿意效劳。"

不知为什么我突然觉得他太有魅力了,不知C.L.阿维拉有没有注意到。

"你好好回忆一下……你和她每次一起出行的时候有没有哪次遇到过那个墨西哥作家圣地亚哥·布兰科?"

"圣地亚哥·布兰科……"他重复了一遍,顿了顿,我担心他什么都想不起来。"没错,在法兰克福遇见过,大概三年前,差不多吧……我不记得了,当时墨西哥是那次书展的主宾国。还有他来智利的时候我也见过。他来过几次,是他所在的出版社带他来的。他的最后一本书还是卡门作的介绍。"

"多久之前?"

"一年,或者一年半,不记得了。"

"智利的事情估计你没什么可讲的……那法兰克福呢,你记得什么特别的事情吗?或者说,你觉得他们是很特别的朋友吗?"

我听到一声轻轻的憋笑。

"或许吧。"他回答道,尽管远隔千里,但也能嗅到这话中带着邪恶之气。

"什么意思，马丁？"

"没什么意思，罗莎，没什么。没错，他们是朋友，这并不奇怪，卡门遇到那些墨西哥人的时候说她要跟他们在一起。"

"为什么你刚才说'或许吧'？"

"你不要这么逼我……我什么都不应该说，我答应了她。"难道马丁·罗夫莱多·桑切斯没发现他已经说出来了吗？

"你之前告诉我她是个忠诚的妻子……"

"你不要那么死脑筋。她当然忠诚，从来没有情人，好吧，据我所知……至少从没跟我睡过。"

"那在法兰克福呢？发生了什么？"

"我什么都没看见。有一天晚上我去叫她，发现她不在房间里，在那之前我们已经说了晚安，各自去睡了。第二天早上我也没找到她。之后她来吃早餐……就跟什么都没发生似的。我跟她说已经被我发现了。她笑了，跟我说：'你不许告诉任何人，知道了吗？'我们这么多年在一起，那是唯一一次，我可以说她很忠诚啊。一个晚上，罗莎，这就等于没有。"

"那你为什么觉得她是和圣地亚哥·布兰科睡在一起？"

"她跟我说她在那堆墨西哥人住的酒店里。其他人都被我排除了：一个太老，另一个无趣，最后……我们一起看迈阿密书展活动的时候，有他的名字，我就跟她开玩笑，她大笑起来，笑得肆无忌惮。"

"你说圣地亚哥·布兰科去了迈阿密?"

"托马斯没跟你说警察和所有参加书展的作家们都谈话了吗?"

"说了,我知道,但是我没要名单……瞧我这失误……"

"我看你是不够敏锐,罗莎。"他嘲讽地说道,"但是,放心吧,把名单要来也没什么用,他们都没跑。"

"这个我知道……"但这一个小小的失误还是让我难受,"好吧,你已经帮我很大的忙。你继续睡吧……"

"不了,我已经彻底醒了……有什么需要就找我,你知道的,我就在这儿……"

"谢谢,马丁,这句话让我很感动……"

我挂了电话,看了看手表,我又拿起话筒叫了一辆出租。我稍微收拾了一下头发,涂了点口红,拿上东西,我带了一个小录音机,乌戈办公桌里的,昨天我还不放心试了试。我又出发了,去了解那位流浪作家。

十九

古老、规模大、神话般的甘地书店几乎总是挤满了人,顾客们无意间制造的窸窸窣窣声,是店里永恒的背景音乐,轻柔而令人愉悦。要是在平时,我会仔细阅览每一个展柜,但今天我另有目的,我只买了一本书,奥克塔维奥·帕斯的《印度札记》,然后就直奔楼上的咖啡厅。没想到我找到了一张空桌子,真是奇迹,我立即把它占为己有,把文件袋、刚买的书、小录音机、一会儿采访做笔记用的记录本,还有一本《母狼》都放在桌子上。我又看了看书的衬页上的照片,担心一会儿太紧张认不出他。但是,大概五分钟后,一个壮硕的中年男人一走进来,我立马就认出来了,他的进入让楼上这间咖啡厅一下子变得狭小。

他提着一个蓝色的袋子,书店的名字刻在包的一面(我记得只有购买大金额的书才能得到那个包来装书),他看着咖啡厅里的桌子,目光有点迷茫和困惑地搜寻着一张陌生的脸。他非常健壮,但没有达到肥胖的程度,茂密、随性和已经泛灰的头发之下是他充满魅力的脑袋,五官的线条组合在一起给人一种力量。胡子和头发的颜色一样,只是顶端更加偏白,与他如马黛茶一样深的皮肤形成鲜明对比,看得出经常在户外接触健康的空气和晒太阳。他的额头高耸,鼻子又长又挺,直接陷入一双还不知什么颜色的双眼,可能是棕褐色吧。身上的西装有些宽松,材料看似亚麻,烟草色的,白色衬衫的前几个扣子敞开着。这个男人外表出众,这没得说,而这种出众又使他十分迷人。他应该是习惯了走到哪里都带光环的那种人。

我起身向他示意,我就是那个等她的人,并随时向他微笑。

"我对您的国家有特殊的情感,否则的话,我可不会打乱我原来的安排的。"他在我旁边的空椅子上坐下来,对我说了这样一句开篇话,但是热情的口吻消除了一切不满的可能。"本来我就必须买这些书,所以就把您约到了这里。"

"这么多书?都是给您自己买的?"我很震惊地问道,在智利我已经看惯了大多数人都消费不起这种花钱的爱好。

"不是……"他抱歉地笑着说,好像告诉我不要以为他很喜欢囤积东西。"基本上都是受人之托,帮一个朋友买的……"

不一会儿他的目光停留在桌子上那些我刚才放的采访用品,随后扫过我的面庞,又朝邻桌的人看去,最后落在他手中的一本黑色皮面笔记本上。他点了一杯浓缩咖啡,给我也要了一杯,也没有问我想要什么。这杯喝完了,后面点的东西也上来了,他开始问我关于智利的事情,比如过渡时期、接下来的选举,显示出他对我们国家现状的高度关注。我们聊得非常畅快,让我有那么一瞬间觉得,如果能单纯做他的朋友,一个下午就这样自在地和他在一起,一定很快乐。

一想到我的日常生活,心头不禁笼罩了一丝乌云,在那种生活中,时间如水滴般缓缓地记录,街道在人们的生活中太无足轻重,工作、回家,没有休闲的咖啡,没有恢复体力的小憩,没有共享的时光,就连我这样的工作,忙碌和高效也已是生活定式。我这样告诉他。

"**幸福**对智利人已经不重要,不知从何时开始,这个词已经从民族词汇中去除……"

"很遗憾,智利曾经那么友善……"他遗憾地说道,我打心里很感激他,我热爱南边的那片土地,有时候我与那些绝望的爱国者不敢苟同。他提到智利独特的地理条件令人着迷,我谈到,正是这种环境造就了一种孤岛般隐居的灵魂。走进智利,你会卸下一切理智和盔甲,一旦离开这里,你会扛不住外面世界的风吹雨打,跌入大海。我提起了胡里安·罗西给我讲述的海边生活。

"您知道吗?我想,到了这个年纪,如果不把生活紧紧抓在手中,我们会反被生活吞噬。所以我在埃斯孔迪多港买了房子。那里很美……您应该去看看,就在瓦哈卡州,正对着太平洋……

我的孩子们已经长大了,我可以自由地重新安排一些事情,我在那边住一周左右,一个人。房子装修得很简单,连电话都没有。读书、写字、工作,但是意义变了。我变年轻了,真的,而且效率也提高了。去那里也很容易,有直达的航班,不超过一个小时就能到……其实我今天就要去那边,马上就出发。所以我的时间比较紧。"

他的眼里尽是满足的目光,我想这就是所谓的间歇期吧,世界上确实有一些人,他们的努力就是为了过上这种特殊的生活。于是我想到了C.L.阿维拉,曾经生活给她带来的是厌倦,任凭自己的风景逝去却无能为力,她顺从地承受一切。如果她对这个男人的爱有我想象得那么伟大,为什么这份爱没有成为她的营养剂?

我们不得不谈到文学。我是记者,决不能忘了这一点。每一句话我都是脱口而出,就像记者一样,我问到了我们国家的作家,他跟我提了几位——国际上最负盛名的作家——名气大的。我耐心地等他说出来。

"对了,我也很欣赏C.L.阿维拉的小说,但我不知道你们是否认为她是智利作家,也就是说是你们的本土作家……因为我们几乎都把她当作墨西哥作家,而在美国她又被视为美国作家。"

来了,这些才是我需要的信息。

"我插入一个非文学方面的问题,您知道她失踪了吗?"我仿照采访人的方式问他。

"怎么会不知道。迈阿密书展之后我甚至还被警察问话了。我们都参加了。"

我震惊的表情绝对完美。

"您跟我讲讲那几天关于她的事情吧……您要知道,这件事在我们国家引起了轰动……"

"嗯,好吧,这里也是。报纸、电视都争相报道。在迈阿密的时候,我们几个朋友也分析了很久,最后得出了一个结论。她看起来有点人格分裂:公开场合是一个样子,私下是另一个样子。在公开场合,她看起来状态不好。而私底下她好得不得了。"

"怎么说?"我着实感到意外,从来没听说这种说法。

"在公开场合,她不安,甚至烦躁。她躲着记者,不愿意做讲座。她就像被禁锢在痛苦中,想突然一下将一切都毁灭。至少我的朋友们这么认为……"

"就像在作最后一搏?"

"嗯,可以这么说……但我不认为一股事先准备好的力量,她不会不知道这样会让自己永远消失。"他的眼睛没有任何表情变化,就好像这件事与他没有太大关系,而我一直在仔细观察:要么是一位伟大的作家,要么我的一切猜想也只是猜想。"好,她一直都讨厌公开场合,您知道吗?"

"我听说过一点儿……"

"我很多年前就认识她……她住在我家里,或者说是在我岳父的一座大房子,就在科约阿坎,她租了其中一间。那里住的什么人都有,从搞艺术的到游击队员,您知道的,那几年很美好……我有幸成为《逝者无言》手稿的第一位读者。那时候谁能想到她会比我走得更远?卡门是一个可爱的女孩,有趣,又充满活力……就这样我在迈阿密又与她相遇了,当时她不是作为作家,不知您能否明白……就是说她和我们在一起,正处于舒适的状态。一天晚上我们在古巴区的一家餐厅吃晚饭,她又去跳舞唱歌了……她彻夜不眠,她欢笑……就和之前一样……我就是这样跟警察说的。"

"或者说,您没有发现她情绪抑郁?"

"绝对没有。您知道吗?不是不公正,我有时候觉得去智利把她给毁了。"

当然,因为她把你抛弃了,圣地亚哥·布兰科,因为她和另一个人结婚了。你说得倒轻巧。那当初你为什么不想办法挽留她?

"但是总之……那不是我的事情。"他快速地瞄了一眼那个小录音机,"继续回到我们的话题吧,时间快不够了……"

"好的。我也非常期待,但在这之前,我想大胆地问问您:您认为C.L.阿维拉发生了什么事?"

"我觉得她死了。还能想出别的可能吗?"

因为他回答得非常肯定，我仔细在他的目光中找寻一点点犹豫，但我没有找到，他的大门全部关闭了，透不出一丝光，已无法进入。

"好吧，那我们来聊一聊您的作品……"我开始模仿文化类采访的专业用语。

"不好意思，请稍等片刻，我去一下洗手间，马上就回来。"

他很快就站起身，我望着烟灰色的亚麻布背对着我渐渐走远，我的本能不到一秒钟——就像一个天生又专业的扒手——就想占有他的那个黑色笔记本，静静地、自信地、安稳地躺在桌子上。我不知道，真的，我太想要了，但我在坚持。那只是本能，不是我做出那种事的理由。夹着东西的那一页自动翻开了，是一张机票。我拿起那张机票，打开了代表国内航班的绿色的那一页。

感谢上帝让男人也需要尿尿，因为根据公共场所、剧院、电影院、体育场等等地方来判断，似乎只有女人才上厕所。我要感谢上帝，因为如果不是圣地亚哥·布兰科突然的欲望，我永远都不会到瓦哈卡去。

二十

这次乌戈要是说我已经失去了理智,可能真说对了。我上了飞机,他没有认出经过了乔装打扮的我。金灰色的假发虽然看起来滑稽,但足以以假乱真,而且还成功完成了它的使命,身上的牛仔衫和牛仔裤也一样。老板从第一天就建议我们要随身带备用的衣服,方便我们有需要的时候能够迅速变换**身份**。那个人,就在当天周一中午,在墨西哥城的甘地书店采访了一位作家,居然在下午五点钟又跟着那个作家乘坐墨西哥航空前往瓦哈卡,到底有何目的?之前老板提出这一要求的时候,我想象了各种样式都没想出来,最后我一屁股坐在圣地亚哥武器广场的长椅上,用一个早上的时间观察路过的女人,挑选出与我反差最大的外表,我的外表太令人乏味,对比之下,我如遭晴天霹雳——显而易见的事情总是让人出丑——然后我立即就知道我该如何换装了。之前我对大半个世界的人都感兴趣的牛仔一点欲望都没有。我觉得牛仔不亲肤、不舒适、太单一，而且裙子比裤子更适合我。为了工作，我经常穿简单的正装，上下两件，再加一双低跟皮鞋。于是，我一身牛仔，脚踏厚重的旅游鞋——我那个年代就这么叫这种毫无美感、夸张笨重的运动鞋，甚至非常常见——再配上一双厚厚的棉袜，就像一名健康的运动员。我模仿得太丑了，全身臃肿，矮胖矮胖的，跟**现在的女人**比起来一点儿也不优美。一句话：没人认得出我，就连我自己都认不出来。似乎还不够，我又加了一副墨镜，我就这样厚着脸皮地上了飞机，说得好听点儿，或许是沉着冷静。

圣地亚哥·布兰科本不需要撒谎，他这么做一定有他的理由，而且足够使人信服。为什么他要编一个地方，然后飞去另外一个地方？那张机票上写的不是埃斯孔迪多港，但这足够了。我迅速看了一眼航班号和起飞时间，当机立断要去机场。我还有足够的时间去奥林匹克村，他也有时间回到齐玛利斯塔克那边的家里，稍微收拾了一点行李，和乌戈快速说了两句，告诉他我接下来的行程然后让他在目的地订一个酒店。或许圣地亚哥·布兰科还有时间与妻子卢佩告了别，他的妻子也以为丈夫要去海边的房子住，由于那里连电话都没安装，他可以随时随地用手机与她联系。没错，手机。比如他在瓦哈卡，但告诉妻子他正在看太平洋的海浪，而她没有理由不相信他。

飞机上，我坐在最后面提高了警惕，而圣地亚哥·布兰科轻松地坐在第二排。我试着分析早上和他聊《母狼》那本书时的一些重要信息。有一句话让我思来想去，就像一份放在我眼前的判决书："是的，我承认那个人物背后有一个真实存在的人，但在写作这一行这不足为奇……"他随意一笑，如此迷人，却又为被围困者绝望。"……虽然只有一个女人可能提出那个问题，您觉得呢？没有必要把它放在采访中，我向您承认文学让我把尘封在记忆的夹缝中的重要故事进行了再创作。"

穿越云层，我的眼前浮现出 C.L. 阿维拉在报刊上的一段话，是最早她还在墨西哥时接受的一次采访。当谈到她写作时的一些习惯时，记者问她是否愿意嫁给一个作家。"不，千万不要！她回答道，欲望会相互传递，会传染，如果另一半也搞写作，他的欲望就会和我的混在一起，无意间相互剽窃。"

我想起了那只蜂鸟。

飞机在云端之地着陆了。

我必须动作迅速，一旦他赶在我前面，还没等我坐上出租他就打车出了机场，那我就再也追不上了，那将是一个不可原谅的错误，我就前功尽弃了。我能做到，就像乌戈说的那样，我不是什么游击战专家，但我是追踪专家，截至目前我可从来没有追丢过什么人。所以我是不会让那种事情发生的，十五分钟过后，他的出租车在我的前面向瓦哈卡城庄严的殖民中心驶去。已经下午六点过了，正值冬季，所以光线已经不是很好了，但幸好还能看清街道的名字。记忆中,我重拾起一些地方的样子。圣地亚哥·布兰科坐的那辆车拐入了马塞多尼奥·阿尔卡拉街,从柏油马路上了石铺路,向右直接进入了霍奇米尔科街区。一个立着石碑和十字架的很小的广场后面隐约是一个古老的引水桥,上面是一条很窄的小路,桥的拱门已经变成左边路上的一排房子,亦真亦幻的画面与空间结构组成了另一番世界的样子。那辆车沿着马路走过两三个路口,据司机介绍,那条路现在叫鲁菲诺·塔马约。前面那辆车提前减速了,大概一个路口之后才停了下来,多亏如此我才能安全地继续跟踪圣地亚哥·布兰科。差不多在这条原始又充满奇幻的主街尽头,车停在了右边那条小路的上一座房子面前,大门开在小路上,而它的高墙坐落在与小路形成转角的主街上,将一切秘密藏在其中。我的车继续往前走,这时,我看到作家下了车,他的手里拿着两样东西:一个是小行李箱子,一个就是那个甘地书店的提包。高墙后面是茂密的大树,屋瓦下的高墙刷了颜色。是纯蓝色。

二十一

福尔廷山上,从酒店的窗外望去,山谷平静无边。市区坐落在一片空地上。傍晚时分,阳光柔和了山丘的轮廓,瓦哈卡亮起一片白光。圣·多明戈·德古斯曼教堂及其修道院凝视着这片土地。市场上熙攘的店门都已关闭,印第安人背着东西各自返回村子,背上裹着手工编织的布料。街道已然歇业,房子光滑的墙面映不出它的生活,美丽的院子和房间藏在高墙之内,古老的木门紧锁在石子、喷泉和深巷之中,看不到它的美。

我看到附近茂密的树冠:四周有热带雨林,有干季森林,有阔叶林,也有针叶林,漫山遍野,如同大海。然而,祥和的谷地和褶皱的山地让我忘记了这里有河流凶猛上涨,植物如猛兽般侵占土地。也许想点好的,借着光,我还能看到遥远的阿尔万山。

这里是城市与自然的过渡区,瓦哈卡的保护神索莱达[1]圣母正

---

1 西班牙文为Soledad,意为"孤独"。

在接受黄昏的膜拜，此刻她可以尽显自己的神威。这短暂的祥和转瞬即逝，很快，灯光就会点亮，市中心的街道就会再次熙攘，小巷会成为活力和喧嚣的聚集地。

活力美妙的瓦哈卡，古老的安特克拉总教区。正如其浓重的宗教色彩，从殖民地开始它便是强大的、神秘的。

想必一入黑夜，圣地亚哥·布兰科和我有同样的感觉，天空从山脊开始慢慢向中心缩小，直至封闭，我朝着霍奇米尔科街区走去，那里不像首都到处是忙碌的人群，据传说，那里如花园一般遍地开满了野百合，过去少女们采集这种花作为纯洁的象征并献给神灵。

那个如今已变成一座座房屋的引水桥，我靠在它的一个拱门上，盯着那座蓝色围墙的大门，静静等待。我也不知道我的等待是否只是徒劳，但我的目的就是如此，虽然黑暗的夜色让我略感寂寞，单薄的牛仔衫抵挡不住阵阵凉风。差不多一个小时之后，门终于开了。我立即起身朝前走去，走过了四五座房子，在一个石砌的水池那里，有一张红色漆的水泥长凳，贴着引水桥的深色石墙，我便坐在那儿等他们，那个位置既隐蔽又便于观察他们。我之所以用"他们"，因为圣地亚哥·布兰科不是一个人。他步履平静，丝毫没有发觉正被我放肆地盯着。他身边有一个女人。我仔细观察起这个人，浪漫而戏剧的直觉——应该说，是女性的直觉——立即告诉我她应该是他的情人。她走在作家身边，相比之下她显得十分瘦小,虽然身上穿的是宽松的土著连衣长裙,颜色是当地科尤切棉花天然的咖啡色。左肩搭着白色和栗色相间的萨拉佩披肩。我都能想得到她如果穿裤子的话,那脑袋简直就是一个假小子。她的头发金黄,和士兵的头发一样短。我看不清她的五官。通过他们的动作,两个人应该聊得很开心,他们有的话说,不像有些情侣幻想的那种两个人在夜里散步,都不说话却又想办法找话说。他们既没有挽着胳膊,也没有牵手,我便觉得或许他们不是情人关系。她的手里什么都没有,只有一支烟。

  他们从我对面的人行道走过。虽然在那个时间路上只有我一个人,他们也没有注意到我。他们向左走上了马塞多尼奥·阿尔卡拉大街,马路上有很多树木、车辆和行人,很容易继续跟着他们。走过两个路口之后,他们在圣多明戈·德古斯曼教堂门口停了下来,似乎在讨论接下来往哪儿走,最后他们朝着中央广场走去。然而他们没有走大路,而是沿着一条通往市中心的蜿蜒的石头小路走去。他们穿过广场,此时的广场已经人声鼎沸。餐厅、咖啡厅的露台上座无虚席。1月的一个星期一的夜晚,这片汇集无限遐想的土地能散发出什么样的力量?他们在一个小摊前停下了脚步,一位已经没了牙齿的老土著人正在售卖手工艺品。我离他们很近,但一点儿也不担心被发现,因为广场上熙熙攘攘,根本注意不到我。摊子上陈列着各种墨西哥爱波瑞吉魔幻动物,其中有很多是跳舞的鸟、满身花开的猫、长着翅膀的驴、样式可笑的魔鬼,这位手工艺人说爱波瑞吉都是普通人,在月圆之夜变成动物。她拿起一个蓝色美人鱼怀中抱着一个红黄色搭配的小美人鱼,她抚摸着那个木雕,此时我看清了她的脸,一双清澈的眸子——似一对绿色杏仁——下是匀称的鼻子,还有正对着美人鱼舒心一笑的薄薄的双唇。我发现她很年轻,估计不超过三十岁或三十五岁。作家一边看着她,一边从上衣内兜里掏钱包,他找到了,拿出一张钱。她回头看着他,他冲她微笑起来:我把这个微笑定格在我的脑海中,正如照相机抓拍一个动作。她甜蜜极了。我的心也为之一动,当想起自己从未拥有过这种甜蜜,心头却一阵酸楚。我很好奇这个女人如何能得到那样的微笑。她的手轻轻地搭在他的胳膊上,他伸出手,瞬间覆在她的手上,紧紧握住,然后任其挣脱。

买到了爱波瑞吉,他们继续往前走,朝着我预计的地点走去,也就是巴斯克餐厅,在拥挤的广场的另一端。我也没什么要做的了,便不再继续跟着了,再说我也饿了,我在巴斯克餐厅楼下的花园咖啡厅点了一份古巴三明治和一瓶冰镇的墨西哥多瑟瑰啤酒。

我正吃力地不让夹在面包里的馅儿掉出来,又为刚才的那一幕感慨起来:他们一路上竟然能一直说个不停,而且不急不躁,完全看不出要抢着说什么,总之是缓缓地聊着天。他们是否觉得自己主宰着时间?他们眼中的世界是什么样子?他们走在路上,有那么一瞬间,我听到前面一阵笑声,那笑声爽朗有感染力。是她的笑声,想必他们停在街角任由她哈哈大笑。那个笑声感染了我,也许也迷醉了圣地亚哥·布兰科。

喝完最后一口啤酒,我点了一支烟,开始整理思绪。没错,圣地亚哥·布兰科谎称自己要去埃斯孔迪多港,理由很简单,是几乎所有男人都用的理由:因为他在瓦哈卡有另一个女人,而这不用说,是他的秘密。或许明天他就真的去他的海边小屋,然后投入到工作中,正如他对外宣称的那样。但这不是我要调查的,这个作家的情人我管不着,我只需要能够让我一步步找到C.L.阿维拉的线索。我担心自己使错了力,最终进入死胡同,就算碰破了头也只是徒劳。但是在我的笔记本上,我写下了这次行动的目标和开销。不过是为了过老板那一关,我要调查一下那个金发女人到底是谁,和我的一切疑惑有什么联系。我为自己打气想,如果是帕梅拉·霍桑,也会这么做的。我站在广场街角准备打车再去一趟鲁菲诺·塔马约街,心中不免难过起来,感受到,我们同为女性,休戚与共:一段伟大的爱情才刚刚死亡两个月——按那个作家所说——他就找到了安抚痛苦的港湾:那个充满魅力的瓦哈卡金发女子的温暖怀抱。

二十二

"夫人是哥伦比亚人。我一个月前才跟她在一起。"

此时,我正站在酒店的床边,琢磨着那个女孩的话。当时我好好看了看那座蓝房子的门锁,然后才按了门铃,那个女孩儿便走了出来。估计他们在外面吃晚餐的时间比我办完这件小事——打听一个搞错了的人——要长二十倍。

我应该敲了有三次门,由于女主人不在,那个土著女孩儿便有些怠慢。门终于开了,藏在院中的花园我总算能进去了,哪怕只能在门口看一眼。我看到院子深处有一个普通大小的房子,但是花园非常迷人,我这样说道,女孩儿高兴起来,我看她对我没一点儿警觉,最多只是有点儿意外。

那个花园孤独、高傲又自满。枝叶茂盛的大树相互缠绕,似乎在向变幻莫测的大自然宣示,有它们这个集体足矣。树枝肆意地向外部扩展,便没了皇家花园的范儿:那是一个墨西哥花园,我当时想，可不是法式的。谁若翻过那高墙，迎接他的便是那满园的自然之风，一个意料之外的秘密之地。

我站在大门口，用我所了解的这个国家的口音，很确信地向她打听一个外国女人。女孩儿说那里没有我说的那个人，我注意到她的目光是聪颖的，我坚持说就是那个地址，我要找的人是个美国人。

"没有，这里没有美国人。夫人是哥伦比亚人。"

"她不叫朱迪吗？"

"不是，她叫露西亚。露西亚·雷耶斯女士。"

"可能我朋友搬家了吧……你们什么时候住在这儿的？"

"我只来了一个月……之前，嗯……房子是空着的。"

"会不会我朋友是这里的客人？如果不是，她为什么要给我这个地址？"

"我不觉得……这里从没来过任何人。夫人她不讲英语……"

我很温和地笑了笑，以免接下来有些家长式作风。

"您怎么知道？"

"之前在集市上有一个外国人过来跟夫人说话，嗯……她没有听懂。"

"把这里收拾得这么好，您一定很辛苦吧？"我钦佩地看了看周围。

"夫人一个人住在这里，没有太多要做的。都是我哥哥在打理,他负责花园,开车,干最重的活……"她好像突然意识到不应该和陌生人讲这些,哪怕是我这样看起来很正常的妇人。她要关门了,微笑地看着我,与我告别,并替我没有找到朋友感到遗憾。

我躺在床上,刚才还后悔只吃了一个三明治,都没有好好利用机会享受当地传统美食,现在肚子已经开始咕咕叫了。哥伦比亚人——独居——恰好一个月前——房子以前是空着的——她不开车——尤其不讲英语——花园……一个小时候头十年住在乡下的人,去一个大都市找个公寓藏起来的可能性极低。我是想说,C.L.阿维拉在智利南部的克鲁兹将军村生活的时候,当时与其说是个村镇,不如说是一个散落在乡野的小村落,那里的房子犹如散落在铁路线两边草地上的小蘑菇,牧场和奶牛集中的那条主干道后来才努力得到了城镇的称号。

那个与世隔绝的花园完全属于田园风,而且充满孤独的气息。"一个天堂","一个能阻止毁灭的地方"。逃往瓦哈卡这座神秘又生机勃勃的城市会是一时冲动吗?就像约瑟夫·罗特一样,把冲动视为一种不幸的良方?那么这个大女孩,这只母狼,除了成为一座房子的女主人,除了把房子涂成蓝色的,她还想做些什么呢?这时我作为老律师的一面出现了,一定要理性:那个哥伦比亚女人的突然闯入,把一切都打乱了。C.L.阿维拉我只见过一次,很多年前了,觉得不是这个人。这几天我仔细了解过,粟色的头发、身体壮实，年龄也和这个在广场上买爱波瑞吉的瘦小女人搭不上边。哪怕最终我什么都得不到，这件事情也牢牢地吸引着我继续走下去。

我从酒店的窗户探出身：夜色已深，空气沁人心脾。山下绚丽的灯光让我忘记了自己是谁，在做什么。一身的疲惫竟让我产生了少有的不安：整个人被 C.L. 阿维拉占据着。

短短地睡了几个小时，还读了大量的材料，我一大早就来到酒店大厅，喝了一杯咖啡提了提神，便退了房，坐着出租车朝马塞多尼奥·阿尔卡拉街去了，前一天晚上——在霍奇米尔科来来回回折腾了好几圈——我发现了一个好地方，一家很不错的小旅馆，还是酒店式公寓。管理员还是睡眼惺忪的样子，一看这么早就来了客人，努力地让自己醒过来。年末的各种节日已经过去了，所以也不奇怪一下子就能找到空房间，而且价格也如我想象的，几乎是福尔廷山上的一半。想起前一天下午，我前夫虽然把地方搞错了，但这件事还是让我有些感动。当我第一次从引水桥那条街回来的时候，前夫告诉我那就是他给我订的酒店。他难道觉得老板会给他的侦探们提供这么奢华的酒店？要是他看看我住过的那些乱七八糟的房间……总之，现在我要去住适合工作要求的地方了，而且必须距离蓝房子只有两三个路口，其他地方都不行。

果然，从旅馆走到引水桥五分钟都不到。我先走到小广场，在十字架下，我看到了纪念圣佩德罗·德拉培尼亚的石碑，然后向右拐，有一张陶瓷纪念牌，上面用书法体写着：鲁菲诺·塔马约街2a号，1824年：拱门路。虽然我觉得悄无声息的街道永远是一种上天的馈赠，但估计没有哪条街像这条以画家命名的石板路这么空荡荡的，大清早只能看见几只黑色的小鸟。我注意到右边有一家小饭馆，刷着亮眼的绿色和黄色漆。我还没选好地方蹲点，就在这时，一辆出租车驶过，引起了我的注意。我看它驶入街道，慢慢减速，然后停在了那座蓝色的高墙之外。院子的大门立即就开了，圣地亚哥·布兰科迎着晨光走了出来，穿的还是那套烟草色衣服，一只手提的还是那个小箱子。估计那些书已经交给金发女人了——"基本上都是受人之托，帮一个朋友买的"——那个甘地书店的袋子已经不见了。不用说，他应该要去机场。这个点，他要去什么地方？我意识到这并不重要，他已经不是我要调查的对象的了，随他去吧。至少我不用再打扮成那副鬼样子，可以把假发去掉让脑袋轻松一下了。我看着他离开，心想是否能有机会再看一眼那让我难以忘怀的充满爱意的微笑，哪怕并不是给我的微笑。他灰色的大脑袋一直被我的眼睛紧盯着，直到出租车消失在远处。

此刻我坐在石砌的小水池边的长椅上，从前一天晚上开始它已经是我的老朋友了。街上开始有动静了，几个泥瓦工低声地说着话从我身边走过，还看了我一眼。拱门里的一个绿色院门打开了，从里面出来一个正自言自语的老太太。那边又有一个年纪更大的老太太拎着一袋买来的东西。我饶有兴致地看着他们，随后便朝着蓝房子望去。什么都没有，根本没机会看见里面的院子，从旁边的房子也望不过去，真是密不透风。

九点十五分，院门终于又打开了，这回正大门也开了，不仅仅是给人进出的小门。一辆红色轿车朝外面倒车，看似是辆本田，旁边是那个金发女人，身穿白裙——永远都是一件墨西哥土著连衣裙——手里拿着两个柳条筐，正看着车子往外倒。开车的是个男的。这时昨晚那个土著女孩出现了，正要关上大门，她叫住了女孩儿，我估计她要女孩儿跟她一起去，也许一开始并没有这个打算，因为筐子在她的手里。然后我记得她们就像昨天那个讲英语的外国人的故事一样，二人一起去了集市。自然是那个开车的人送她们去的。我突然焦急起来：房子里可能没人了，这正是我想要的。她们会买多久呢？

五分钟后，借助老板送我的万能工具，当时我称之为"开罐器"，那扇小门很快就乖乖地打开了。

充足的日光下，郁郁葱葱的花园显得更漂亮了。但我不能停下来欣赏这美景，我沿着墨西哥殖民时期家中典型的那种石头小路向深处走去，墙上和台阶上大量的陶器更证实了它的风格，我把它理解成一种墨西哥风格。门是开着的，似乎在等待我的到来，走进去一看，让人想起一幅画在布上的油画，是我在一次画展中看到的。迎面是一条红色地砖铺成的回廊,很长很清爽。头顶的石砖也是红色的,横梁将其分割成一段一段的。房子只有一层,每一间屋子的窗户都对着花园。正如昨天晚上我目测的,房子不大不小,我数了一下门,只有三间卧室。回廊后面,刚看了一眼客厅和餐厅一体的大厅,厨房也没看一分钟,我便为它正方形的结构和满屋黄色陶器营造出的温馨氛围惊叹不已。大厅里有两件东西引起了我的注意:角落的一张小桌子上摆放着一尊索莱达圣母像,是石膏质地,应该不是出于艺术价值摆放在那儿。圣母披着黑色的斗篷,上面镶嵌着金色的饰物,整体呈三角形,就像早期的古巴圣母像一样。与瓜达卢佩圣母——墨西哥民族精神的象征,引领人民团结一心为民族独立而战——不一样,索莱达圣母是白皮肤、欧洲人,是侵略者的圣母。她头顶的光环也是金色和黑色相间,虽然高耸的光环很庄严,但也挡不住圣母安详平和的神情,就像一位朋友安抚着你。在她虔诚的手中挂着一串念珠,真的是一串银色的珠子,不是手画上去的。我突然有种冲动想把她带走,作为自己的护身神像。我记得传说当地人会在街上列队行进,把圣母从她的圣殿送至主教堂,然后向上天祈求圣母显灵,为农田普降甘露,感化众生。另一样东西是房子中间那张桌子上的一瓶瓦哈卡的梅斯卡尔酒——晚上喝剩下的——旁边还有两个还剩半杯的酒杯,如侍卫般守护在两边:小小的圆柱形酒杯,形如缝衣服的顶针,透着说不清的一种蓝。我想象露西亚·雷耶斯和圣地亚哥·布兰科躺在松软的沙发椅上,或许在缠绵,共饮梅斯卡尔酒、眸子、身体,好也麦斯卡尔酒,坏也梅斯卡尔酒。

主卧是我的目标。正中央放着一张尚未整理的床,一条肉粉色的湿毛巾搭在沙发椅上,椅套和床单是一个花色。显然她还没有洗漱,或许正因如此,那个金发女人一开始并没打算让小姑娘陪她一起外出。屋内的家具很少,但和谐的搭配并没有被我忽视。床对面有一个漂亮的绿色立柜,上面有一些手绘的图案,很小,柜门是开着的,里面有一台电视,电视下面是光碟机和一大堆电影,让人以为那里住的是一位行动不便的残疾人,或者是个电影迷。(如果我没记错的话,写书的都有这爱好。)当我看到床头柜上那个木质的美人鱼,还有怀里那个小美人鱼,似乎我也是这段亲密关系的一份子了。旁边还有一杯水,一本打开的书,上面还有标记。我走进拿起那本书,露西亚·雷耶斯在读列夫·托尔斯泰的《婚姻的小说》。

时间紧迫,我正高度集中的时候,突然被门的咯吱声打断了。我咽了口口水,屏住呼吸。职业风险,如果是老板,他肯定这么调侃道。不管三七二十一,得着绿色的电视柜就往后面藏,藏好后我全身的神经都集中在耳朵上。是风,我告诉自己,除了咯吱声并没有脚步声。我心想,什么才最让人心慌:刚才那种死一样的沉寂,还是这种突如其来的响声?一直等到声音停了下来。

由于紧张过度，浑身有点儿酸痛，我继续寻找。我必须继续。

左手边有一扇开着的门，是衣帽间，我很好奇地进去看了一下。东西不多，很快就看完了。靠墙的一组抽屉里，只有前两个放的内衣，其他抽屉都是空的。为了对女主人略表尊重，我没有搜查前两个抽屉。卧室的一边放着一个大行李箱，木质的衣帽架上零星挂着几件衣服：长衫，墨西哥土著连衣裙，土著人穿的那种大摆长裙，方巾，萨拉佩披肩。衣服上的刺绣颜色绚丽，让我想起一种特别的鸟的羽毛。衣帽间的一角有三个衣钩上挂着几件西式衣服，像是外人的衣服。我检查了一下，首先是一件又长又沉的黑色大衣，领口是人造的某种野生动物皮，质地十分柔软，一看就知道没穿过几次，完全不是用来在这里穿的。它让我想到刺骨的严寒，我们的这位金发朋友就像是穿越了俄罗斯草原。当我把手伸进右边口袋里——左口袋是空的——摸出一张皱巴巴的消费小票，是肯尼迪国际机场的免税店，我才想起纽约也有寒冷的时候。我又检查了一下剩下两件，都是细羊毛的，一件短外套，一条裤子，不是什么名牌，一件黑色，一件米色。鞋子也是，几双凉鞋和麻布鞋中间有一双米色的带跟鞋和一双黑色的皮靴，也显得像外来户一样，给人一种她曾被迫穿过这些衣服的感觉，在她来到这个地方之前，也许就是不得已。我们不能就这样指责她是个花钱的主。

我向前来到浴室,整个浴室由棕红色瓷砖、木材和褐色的砖墙装修而成,洗脸池的花纹都是手绘的,完全就是我梦想中的浴室。棕红色和褐色的瓷砖铺起一个接一个的台阶,拾级而上便是浴缸,凹嵌在地下,看似极其舒适,充满诱惑,正在我作思想斗争的时候,我注意到那个化妆包。里边有一瓶香水、名牌面霜,显示着这里住的是一个女人。没别的了。我一眼注意到了洗脸池的下边,是传统的木制双开门柜子。里面有一个吹风机——这是用来干什么的?想到她的寸头,我不禁困惑道———个旅行用的收纳包,还有一个盒子。我拿出那个小包,是用黑色和红色的布料做的,是她给面霜和洗漱用品准备的小屋子,里面有几个小瓶子、洲际酒店的一块香皂和一瓶洗发水、喜来登酒店的一个羽毛和一盒火柴、一个万豪酒店的针线包。手拿包旁边的那个木盒上绘着黑色和蓝色的花纹,是奥利纳拉特有的花色,直觉告诉我里面装的应该是药品。果然,一眼就看到那个红白色的大瓶子是泰诺,典型的美国药,还有一瓶抗氧化的善存片,我心想她才三十五岁就开始保养了。我没有找到避孕套、避孕药,也没有那种奇怪的避孕凝胶,只有简单的阿司匹林、胃药和一些草本胶囊。

正准备出来的时候,我一时冲动,拿起香水瓶,朝着耳垂和脖子喷了两下。瞬间,我就被包裹在露西亚·雷耶斯身上的香气里,同一个味道。

喷完香水,我立即出来打开床头柜的抽屉,一顿乱翻,如果有人这么翻我的床头柜，我肯定会气死。所以我只用了眨两下眼的工夫，但我注意到一个蓝白色的药盒，是安眠药。这让我更亲近了些，因为没有哪个女人在一定年龄之后还能睡得特别好，更别说她了，她的房子里到处都能看出来她对自我的高度克制。我注意到这盒药的产地，清晰地印着智利国家配方的标志，几个路口之外的旅馆里，我放在浴室的那个收纳包里，也有带这个标志的药盒。

还有两扇门，一间卧室，一件书房。没别的了。我走进卧室，只看到——令我愕然——一张床，也还没有整理。保姆肯定住在院门旁边的保姆间。那么这张床睡的肯定是圣地亚哥·布兰科。旁边的浴室已经证明了我的猜想，洗脸池台上有一把一次性剃须刀，一瓶剃须泡沫，我摸了一下，有刚用过的痕迹。既然圣地亚哥·布兰科没有把这些东西带走，就说明浴室里长期保留着这些物品。她为什么要一直留着呢？

我抓紧时间去看最后一件屋子：书房。以我之见，要是露西亚·雷耶斯有两个孩子——比如我——这里应该会装修成一间卧室，一切奢华也会消失殆尽。我已经非常着急了，却总是忍不住对这里羡慕一番：书房真的舒适极了，四面都是木质的书架，有一半是空的，还需慢慢填满；除了书，还有一套音响设备，和卧室的那些影片一样，这里有很多音乐光盘。我想这个金发女人生活过得不错，把孤独装饰得如此精致。书房中央是一张很厚重的书桌，桌子腿就像老虎或狮子雕像的腿一样结实。桌子上有一台笔记本电脑，还是开着的，连着旁边的打印机，从凌乱的纸张来看应该还在工作中。（似乎当她书写的时候，死亡便同时给她设下期限。）走进一间屋子，看它是不是学习和搞研究的地方最容易了，就像分辨一个房间的主要用途是什么，里面是否正在进行某项活动。

屏幕上显示着，瓦哈卡地区的村镇及其发音：特奥蒂特兰·德尔巴列、伊斯特兰、图斯特佩克、特胡潘、科伊斯特拉瓦卡、苏奇斯特拉瓦卡、特贝尔梅梅、塔玛祖拉潘。

我怀疑这是某个音乐工作者或者是一个作家，正在写关于瓦哈卡的小说。旁边的扶手椅上放着一本厚重的西班牙语词典，正打开在字母 F 那一页。甘地书店的蓝色拎包正靠在桌子腿上休息。我查了所有的书和纸张，并没有发现《母狼》，C.L. 阿维拉的小说一本都没有，对于一个不讲英文的哥伦比亚人，居然有一大堆美国出版的精装书，有些书的购书小票还在，是纽约的巴诺书店。

我没找到任何存放私人文件、信件或记忆的箱子、盒子或抽屉。没有？还是恰好没让我找到？事后我又琢磨了一下，确实没必要保存那些。过去不过是一种今日所见的残留——虽然这只是主观判断，甚至不值得相信——过去不是真实存在的事实，而是时光为它们赞颂之后，给我们内心留下的感受。文字上的真实毫无用处。不管这个人是谁,我都佩服她能有此等洒脱的心。我何时才能进入这种境界!但又一想,这对我来说根本就不可能,便把这想法就像用过的纸巾一样废弃了。

整个房子里没见到一张照片。

二十三

在鲁菲诺·塔马约街和加西亚·比希尔街的岔路口,有一个很大的瓦哈卡州手工艺品商店,里面有很多展柜,商品琳琅满目,我一边看,一边等露西亚·雷耶斯从市场回来。那个时候商店里就我一个客人,我在收银台旁边跟营业员聊了起来,目光同时注意着那辆红色本田是否回来。我也买了一个小小的爱波瑞吉,一只满身条纹的狼,倒像是一只长着白胡须的猫,露出它凶猛的牙齿,我用它来驱赶我夜里的噩梦。如此便证明我到此一游了。

按照营业员的说法,那座蓝房子以前一直是红色的,直到四个月前的一天来了一队泥瓦工,把它刷成了蓝色。那座房子从金融危机的时候——这是墨西哥的一段历史——就在出售,但给的却不是危机时期的价格。所以一直没人买。后来有个外国人,对,一个英国面孔的哥伦比亚女人,那头发可真是没得到一点儿存在感——难道是为了留给身体的其他部位？——直接就把那房子买了下来，根本不在乎市场规则。那花园一看，人都以为里面是一座城堡，谁能想到是一座只有三间屋子的房子，也许正因如此，那些腰缠万贯的议员没一个愿意买下那座房子。这位英俊又很有礼貌的营业员大胆地设想说，如果他是那个金发女人，也会和她一样，买下那座房子，因为钱本身并不值钱，只有能满足某种需求的时候才值钱。这是她告诉他的，没错，她人很好，时不时来店里看看，大家就像好邻居一样，她的愿望就是一直在这里生活，并不是为了投资。

虽然四个月前那个房子就被她买下了，但她一个月前才住进来，之前她还雇人把房子重新装修了一下。一个男的，个子很高，灰色头发，时常过来监工。能想出在这里定居，我不得不佩服这个人如此有远见和智慧。

长久以来，我一直心有顾虑，我有将来不工作之后的幸福渴望，但我始终认为自己做不到。看看这个神秘女人为自己所创造的一切，为了追求自己喜欢的生活，她选择放弃一切，我认为她有能力为自己争取到那种幸福，所以，她已经解脱了。花园里的一棵棵大树不仅占领了那片土地，更是把外界的一切干扰拒之在外，寂静、瓦蓝的游泳池，五彩的花朵，瓷砖铺成的露台上摆着绿色的铁制家具，吊床懒洋洋地悬在两棵树干中间，一大片天空将整个花园笼罩，这一切让我对自己的认识更加牢固。房子比较小，花园被围在其中，温馨而友好。入口的保姆房距离刚刚好，既不近，让人觉得不够隐私，也不远，又叫人孤单。如果她的愿望就是远走他乡，那为何不在马德雷山脉南部买一座咖啡庄园？她需要城市：街道、混血人、神庙和集市、村镇和主教堂、饭馆和商店。她需要，即使她不想，几分钟后就看到了。

我一直跟着她走到了五月五号街，刚才她从集市回来，十五分钟后又出门了，慢慢悠悠地走到了市中心，来到一家咖啡馆，店面很小，但很漂亮，而且所有元素都跟咖啡的颜色和质地结合在一起。香气扑鼻。只有店面前面朝街的场地有两张小桌子，地面铺着小块的地砖，她已经找位置坐了下来。我决定先在旁边的服装店里看一会儿裙子。时间差不多的时候，我也进去了。我在另一张桌子边坐了下来，离她很近。这时，她点的咖啡来了，是一杯浓缩咖啡。我藏起智利口音点了一杯加巧克力的冰卡布奇诺，接着观察起来：她从一个沙砾色的编织软包里拿出一本书，轻轻地翻开标记的那一页。不用想便知道，她手里拿的就是床头那本列夫·托尔斯泰的小说。她正要点一支烟，路边走来一个女人，一看到她便停下了脚步。这个人很高，留着很长的白发，皮肤被晒得焦黄，男士衬衣下面搭配了一条印花长裙，看起来和我们一样，也是外国人。

"嗨，露西亚。"她打招呼道，那笑容好看极了，让我这个外人也想亲近一下。

露西亚吓了一跳。刚才在看书，一直没注意街上的人，没想到会有人跟她说话。

"嗨，菲奥莱雅。"她回应道，脸上的微笑让她看起来很迷人。如果连这种经典表情都算不上美丽，那就没人觉得她好看了。

那个菲奥莱雅用西班牙语说道——有明显的意大利口音——，她有急事，还说等露西亚去她工作室看塔罗牌的时候，她会好好讲一讲她的马萨特克山之旅。她提到了致幻蘑菇、墨西哥裸盖菇，就是从地里长出来的小圣人，还提到了萨满玛利亚·萨比娜及其女儿。露西亚认真地听她讲完，向她表示感谢，并保证会择日下午去工作室找她。我看着她们，估计她们谁都接受不了一个男人像这样说话，把责任推给对方，自己却选择被动的角色，我们都知道，婚姻中这种语气最令人生厌。智利画家罗伯托·马塔有一幅画叫《升起一个人的海洋》。所以我想，正因如此，她们俩才变成了如此强势的女人。我努力地分辨露西亚·雷耶斯的口音，但就是听不出来。似乎一离开南椎体我便分辨不出任何地方的口音了。感觉她有点儿墨西哥口音，我仔细听了听她的嗓音，以前从没听过，是陌生人的声音。她的嗓音比较粗。

那个意大利人走了，她的目光投向远方，很远很远，那座蓝色的大山上，一会儿又继续看起书来。各教堂的钟声此起彼伏地传来。她到底来自什么世界？是什么意志使她前行？我很佩服，是的，一个外国人才来一个月就能和同她一样移居至此的人打成了一片。

借她阅读《婚姻的小说》的时候我将她仔细观察了一番。想到她的未来可能就掌握在我的手中，便觉得自己很强大，便心生了邪念。但其他冲动也控制着我，比如我想上前问她：如果真的是你，你还活着，你说，你究竟想做什么？你的愿望是什么？周日下午或雨天的时候你会不会忧伤？你对自己所做的一切还很坚定，还是说你想回到过去？任何人，哪怕再聪明，也做过傻事。你还有机会后悔！

愧于词穷，又担心思路跑得太远，我还是回过头来，实际一点，在这方面我还是没问题的。我开始思考一个女人能在外表上作多大的改变：头发就不用说了，栗色的长卷发用不了几分钟就能变成金色的超短发，染一染、剪一剪就行了。眼睛可以戴美瞳，这我知道。如果严格控制饮食——美国的诊所里有的是这种食疗，都是给有钱人准备的——，两个月就能瘦下来十公斤，如果之前不是过度肥胖，十公斤能把一个身材较壮的女人变得十分纤细，样貌也会发生很大变化。现在的整容技术——速度快，有的都不用住院——能抹掉脸上十年的痕迹，也不会引起太多不适，还能柔化脸部轮廓，这些不仅能实现，而且手术很快。只需要金钱和意愿。但有些特征是改变不了的，比如声音，如何能改变一个人的声音？

某一刻，我起身朝她走去，手里还夹着一支烟，我向她借火。我不知道为什么这么做，也许我只是需要利用她来证明我的存在，让她一看见我，便知道我的存在。听到我的声音，她的目光从书里抬了起来，一双形如杏仁的眸子，流露出自信和希望的目光，烙在了我一脸探究的脸上，至今都在隐隐作痛。那是一双浅绿色的大眼睛，就像智利南方的某片湖水，静静地流露出一种庄严，且只存在于这个地方，世界的任何角落都没有，这将她的目光变得明亮而可靠。那不是一双目光空虚、涣散、走神或虚伪的眼睛。那白得如此彻底的衣服看起来很适合她，这里并不指文字意义上的颜色，而是衣服反射出的光。

"哦，有，马上。"她微微一笑，一边说，一边打开包找打火机。我心想，她过去一直这么温柔，还是墨西哥式的礼节正附身于她。

她依然坐在那把窄小的高脚凳上，我停在她身边。我探身将脑袋朝她的手伸过去，够她手中的小打火机冒出的火苗，当她把手腕向我转来，好像为了让我看见似的，手腕上有两条暗淡并已消散的痕迹，但痕迹永远都会在。我心头一紧：我知道那两条痕迹是什么意思，绝对错不了。

"给你。"她说道。

谢过之后，我们相视一笑，那双眸子中我又一次看到了柔美，看到了一位舞者。我回到自己的桌子上，略感困惑。好像刚才有意而为之的打扰让她清醒了，她看了看手表，没有再次拿起书，她觉得是时候该走了。我注意到那块表是她身上唯一的饰品，没有戒指、耳环、项链和手镯。她起身付了钱，临走时对我微微笑了笑，我回应了她。

　　这时，我想起了第一次见到吉尔，她戴着一串项链，上面挂着一个精致又很有分量的银质十字架。那是卡门送给她的。是雅拉拉戈十字架，她告诉我，来自瓦哈卡。

二十四

我始终联系不上那边，似乎这电话拒绝大陆尽头的声音，以免影响了这山谷里平静生活的居民。至少我往墨西哥城打电话很容易就能打通。将来能把乌戈拉着跟我一起干就好了！我昨天晚上让他帮忙打探消息，结果他没花几小时就得到了。乌戈有个朋友在智利驻墨西哥大使馆工作，那人又帮忙联系了在哥伦比亚大使馆的朋友，调查清楚之后，我便收到了令人意外的结果：墨西哥的哥伦比亚籍居民中没有露西亚·雷耶斯这个人。这个名字不在名单上。

在酒店公寓里，我坐在开放式厨房的桌边，面前放着那个已经褶皱的记事本，两眼出神地盯着墙。

中午在五月五号街，我离开咖啡厅之后便去上帝药房，店名就是这个，买一盒泰诺来缓解一下头痛，接下来我得找个歇脚的地方捋一捋思路，便朝着索莱达圣母圣殿走去，心想，索莱达圣母被玻璃和柱子舒舒服服地环抱其中，进入大殿还要经过一片由青黄色的岩石围起的宽阔前庭，在她身上已经可以证实，她汇集了女性永远摸不透的神秘，女性的血与肉以及女性的渴望与孤独。回家的路，每一个女人都为这共同的追求历经苦难，而圣母以她神圣的纯真早应该接受了一切苦难。

确定索莱达圣母听到了我的倾诉之后，我便离开了。瓦哈卡选择一位女性、一位母亲作为守护神，而不是安抚心不如女性的儿子或父亲，我觉得是对的。16世纪传教士因为不愿给印第安人民传播一个失败的神，就没有使用钉在十字架上的耶稣像。后来在瓦哈卡，由于当地人自古崇拜死亡，耶稣受难像便融合这一元素而传播开来。天主教堂是幸运的，将两种文化成功地进行了融合。但是我敢说，索莱达圣母像肯定没遇到类似的问题。

索莱达圣母圣殿地处整座城的最佳位置。两座圆顶高塔俯瞰前庭对面的花园，茂密的印度月桂将那里变成了一家大型冰淇淋店。前面是贝尼托·华雷斯大学，窗户上放下的帘子说明学校正在放假。学校旁边的宏伟建筑，是市政府。

我穿过广场，穿过冰淇淋店，就是那片美味花园，众多口味名称随之而来，让我以为在这里永远不会词穷：刺果番荔枝、曼密果、人心果、瓦哈卡之吻、天使之吻、酸角玫瑰花瓣。这最后一个最让我心动，一尝，才知道这名字不是一个比喻，我真吃到了一片又一片的花瓣。

我慢慢地走在临近一条古老的石板小路上，抬起双眼心想，这普普通通的动作竟如此庄严又美好，就像一场圣礼。一条电缆从上面穿过，连接了两户人家的房子，上面挂着衣服，随风飘动的白色衣料将这画面柔和了许多，同时也提醒我并没有走在任何上帝之地。远处传来一阵磨刀声，现在已经听不到这种声音了，但只要是有男男女女居住的城市，这种声音就不会被遗忘。

天气干燥，太阳把街道烤得热气腾腾，就像一面面散发蒸汽的镜子，我祈求雨水降落，祈求雨水的银丝沐浴我，也沐浴街道。

我饿得不行了，便一个人在圣母圣殿后面市场的室内大排档吃饭，一个绿色盘子里盛着的白嫩柔软的瓦哈卡奶酪麻花被我狼吞虎咽地吃完。闹哄哄的市场，我不得不回到这刚刚在心里酝酿了半天的正题上。

我叫罗莎·阿尔瓦雷，五十四岁，出生在智利中部圣费尔南多市不起眼的中区。家里人都很平凡朴实，没什么追求，我也没什么特别之处，现在就像古西班牙人面对时间结束时说的，活一天少一天，已变得悲悯的目光流露着过往的心酸。但这种令人痴迷的悲伤却从未环绕过我。我已不够让男人来称赞我的身体如蜜，甜，热烈，或者像圣地亚哥·布兰科在书中描述 C.L. 阿维拉那样，在我耳边私语我的宝贝，我的天使。我不是作家。我没有失踪。没人会专门为我写一本书，就像他写的《母狼》，今早我还在蓝房子里找呢，书里写道：献给露西亚，我的那片土地的两边终于合并在了一起。

我一直以来只有一边，将来也只有一边。

餐桌旁，我站起身又去试了试给智利那边打电话。专门留时间给那边也没用，我还不如把时间用来想事情，放松的时候才能思考。

如果那个人就是她，我觉得C.L.阿维拉没有放弃写作。（就好像当她写作的时候，死亡都会给她留时间。）当时她电脑边有几张打印好的文件，我读了第一张，才作此判断。最上方写着"第四章"，我肯定这是小说无疑。也许黑色小说死了，帕梅拉·霍桑死了，C.L.阿维拉死了，但是创作故事和讲述故事的热情未死。当我在那座蓝房子的书房里看到这一幕，不禁松了口气。后来在追寻她这么做的原因时，我得出一个结论，她的一切不理智行为皆因其天赋所致，我相信，如果不是她坚定的、孤注一掷的爱好，就不会有这一次疯狂的大逃亡。作家的特权就是可以不顾外面的世界和他人而继续写作，这样的工作世间少有。这让我对她的羡慕之情又长了几分。

在等接线员给我接通电话时，我向自己提出了无数反问，形而上的、日常生活的皆有。

如果不是她，为什么？一个哥伦比亚女人，住在墨西哥，床头柜里却放着一箱智利产的药,只要有一个理由我就信。智利国药的标志在我眼前挥之不去,不断提醒着我。

如果就是她,那就意味着她放弃了一切,包括将来那五本小说的著作权和翻译权,我想知道她在迈阿密取出的钱现在还剩下多少,她会不会用露西亚·雷耶斯这个名字开了新账户?不知道她打算怎么出版手里这本书,已经不是她的名字了,能卖多少钱?我注意到圣地亚哥·布兰科是个关键人物:他们二人早已计划好了一切。

这几天我好好思考了一个问题,之前由于自己受教育不多,目光短浅,再加上性别的不平等,没能注意到它的重要性,那就是金钱。我发现女性和金钱的关系晦暗不明,就好像从来得不到承认。如果今天我想彻底改变生活,是没有一点儿可能的。但是如果我有了财富……我会拥有什么样的自由?11月的那个清晨,C.L.阿维拉离开了家,带着足够五天的行李去赶飞机。她不顾**一切**地走了。显然她知道自己不会再回来了,一切将从零开始。我能想象这种与众不同的奢侈意味着抛弃家庭,意味着重新开始:**一切**都要重新买,从一口锅到一条内裤。(对C.L.阿维拉来说,这意味着一切精简到不过四个衣架)。

我的一个好朋友每周都买彩票,她一直相信有一天会中头彩。到时候我们要实现一个梦想:坐头等舱去纽约,我们都没去过;要住广场饭店,在我们看来那里犹如神话一般;因为行李会受限，去的时候我们只带必需品；然后我们要逛遍第五大道，不管有用没有，一双丝袜一件永远用不上的晚礼服，我们要买个遍。

我想，C.L.阿维拉所做的一切和我们的梦想没什么区别。

给智利那边打通电话之前，我想到了一个词：愤怒。C.L.阿维拉身边的人都忽视了这个至关重要的因素。如果他们认为愤怒被抑制住了，那是他们根本没有及时地发现愤怒会有不同的表现形式，因为只有当愤怒达到一定程度时才会爆发。这种甘愿放弃一切重新开始的行为，永远不可能是别人要求的。只有梦想或者彻底的厌倦才会导致这种极端行为。可以肯定的是，如果安娜·玛利亚·罗哈斯认为C.L.阿维拉已经失去了激情，那她就大错特错了，因此她也不会想到C.L.阿维拉心里充满了激情，并且要一直等到值得她宣布要释放激情的那一刻，一个惊天动地的时刻。C.L.阿维拉选择放弃一切荣誉，因为她认为无声胜有声。所有喜欢寂静的人都必须等待黑夜的来临，黑夜里，世界别无选择地陷入无声之中，她选择把生活变成漫长的黑夜，永远活在寂静中。

再想一想，黑夜是一种特殊的、超乎想象的黑暗。准确一点说：孤独就是一道没有太阳的光。阳光耗尽，便只剩下纯粹。

我事先应该分析了托马斯·罗哈斯可能的反应，因为C.L.阿维拉身边的人都有一个特点,那就是都喜欢否认和掩饰。然而现在,当他面对最后一个问题时,否认和掩饰都不算什么了。

"很抱歉又麻烦您,校长,但这个问题很关键。卡门有没有试图自杀过?"

"我不知道您在调查什么,罗莎……您的问题跟解决这件事情没关系。"

"我知道您会这么说。但是我离您几千公里呢,校长,没办法跟您解释清楚。"

"那就回来给我解释。眼下,请您只解决我让您办的事。"显然,他的语气充满厌恶,这种普通的厌恶感有可能变成可怕的事情。

"对了,那您打算什么时候?我是说回国。"生硬、冷酷如岩石。

"麻烦您再宽限我两天,校长。"

"这不可能。"

语气能说明一切,C.L.阿维拉曾在一次采访中说,一句话,如果不知其意图,就没有任何意义,不过是一句由主语和谓语构成、但没有任何针对性的话。关键就看语气。我喜欢你,这句话是什么意思呢?我喜欢你快乐。我喜欢你充满激情。我喜欢你随性。我喜欢你热烈。我喜欢你性感。

我很好奇C.L.阿维拉面对他的决绝会作何反应。是她,那个笑起来十分亲切的女人。我觉得，权威主义者的存在必须依靠女人，那种能把自己的领地甘愿献出的温顺女人。一直到他们离开的那一天。

"校长，我得到消息说，有个女的自愿跟随游击队，这个人有一个不可逆转的特征，她的手腕上有疤痕……现在是洲际电话，您想要更多信息吗？"沉默，以至于听得到话筒里的噪音。"您没有诚实地告诉我，罗哈斯先生。第一天我就一再请您提供卡门·莱维斯·阿维拉的所有特征，我请您尽可能地想起她身上的每一处特点。任何人一旦换了身份，外貌也会被改变，我们说过，对吧，校长？然后您给我发誓说没别的了……您说您是真的想让我们找到她，还是为了安抚您的良心？"

"什么事情让我需要安抚良心？您能说说吗？"

"不是什么具体的事情，我估计，但是也不确定，它，我是说您的良心，能原谅您没打算找到她。内疚才是根本动力，校长。"

"你在对我人身攻击，阿尔瓦雷女士。"

"刚才您还叫我罗莎。不争了，不管怎样，我们是统一战队的……你想不想调查我刚才跟您提起的那个女人？我既不想浪费您的钱，也不想浪费我的时间。"

"嗯，继续查。"

通话结束，我放下湿漉漉的话筒。"嗯，继续查。"强硬、坚决、果断，只有神圣的事情才有的语气，就像给我披了一件圣衣。调查结束了。他们把这么难的案子推给我，我现在成功地找到了C.L.阿维拉，没人能想到我会干得如此漂亮。然而我怎么也高兴不起来。

手表显示下午四点，我的大脑还在高速运转，精密的齿轮有条不紊。我应该给乌戈打个电话，不用多说，只有一些肺腑之言，要让乌戈联系托纳蒂乌，并告诉他不要慌，已经没事了。

之后我应该找到圣地亚哥·布兰科的手机号。很难，但我相信我能说服秘书。这两件事做完后，我将待在酒店公寓里一宿没睡，然后离开宾馆，离开那座城市，离开那座充满愤怒的蓝房子。

接下来我要租一辆车，立即前往埃斯孔迪多港。

只有在那儿，才能对调查进行最后的总结。

二十五

没有见证者的生活是不可能存在的,圣地亚哥·布兰科这样告诉我。那个被选中的人就是他。

独身的自由。这是 C.L. 阿维拉作出的选择。

任何爱情故事最终都是两个故事,而我只了解了其中一个。虽然我很想知道另一个故事会是什么样,但我应该懂得知足。圣地亚哥·布兰科和他被打断的罗曼蒂克故事,难道是为了中途歇息一下?也许,在将来的某一天,这段浪漫故事会继续讲下去,那时候身体或许已经开始老化。也许,在生命干枯之前,他会再求曾经所爱。

我的最后一位受访者,他违背自己的心,为了证明:除了经历爱,什么都补偿不了爱——借用这位女作家最爱的男作家之语。并以此证明,自己除了谦卑,别无他心。

"总之,事情的真相我迟早得告诉某个人。"他缓缓说道,甚至带有些许倦意，可能他从未想过真相起不到任何作用。

也许正因如此他把真相告诉了我，其实是这么回事。

刚认识她时，她是一个充满野性的女子，这是他对她的定义。很少有人像她那样完全凭感觉活着。她天真。任何人遇见她，她都会打乱你的生活，让你迷恋，再打破你的幻想。没准儿她的身体里流淌的真是吉普赛人的血液。这是把双刃剑，毫无疑问，正因如此，圣地亚哥·布兰科才会爱上她，也因此他从不会为她铤而走险。然而当他想这样做时，却为时已晚。那个"我的爱人、我的傻瓜、我的宝贝"不是那个游击队员，是他。

调查期间，我不止一次地回顾阿方西娜·斯托尼的文字，为那个孩子感慨：我有我子，私生之养，（……）我子至上，唯吾亚之，诸士世事，为虚为妄。当我在飞往墨西哥的航班上读C.L.阿维拉访谈时，我就对一件事深信不疑，那个死于车祸的美国人是假的。是什么**理由**让一个女人对自己的儿子隐瞒父亲的身份？所以我不大相信那个孩子是她和游击队员生的。在寻找真相的过程中，我想过她是出于安全和保护孩子才这么做，但这还不足以说明一切。阿方西娜·斯托尼，这位阿根廷女诗人的文字里充满了母爱，似乎为了说明圣地亚哥·布兰科选择做一名旁观者。另外，我把这一点和她引用马尔科姆·劳瑞的话放在一起来看："墨西哥孩子不哭，因为他们知道人的悲剧命运。"直觉告诉我，这不是单纯的隐喻。因为这既没有减轻小维森特的痛苦，也看不到他面对痛苦的勇气，我想他的母亲需要暗中说出和呼喊出她巨大的秘密，作为失踪前留给他的暗语。就是说，这句话暗示着，虽然她一开始肯定说孩子身上没有一滴墨西哥人的血，但是孩子诞生在那个地方，所以，他是墨西哥人？

果然如此，当卡门在科约阿坎生活的时候，她住的房子是圣地亚哥·布兰科的。后来，卡门怀上了圣地亚哥的孩子，这对两个人来说是一件幸福的事情，前提是这位男作家的家人不知道这段婚外恋，毕竟他从未准备好拆散自己的家庭。按他所说，他爱卡门，所以他十分欢迎小家伙的降临，但是他不会抛弃一切去冒无谓的风险，不管她是谁。等到孩子在自己家的花园里玩耍，他眼睁睁地看着孩子却无法相认，这对他来说太煎熬了，卡门只好带着孩子去旧金山找简姑妈，并把孩子托付给了姑妈。

路易斯·贝尼特斯，那个赫赫有名的蒙蒂指挥官很早就出场了。圣地亚哥·布兰科作为C.L.阿维拉正式的情人，每次去墨西哥城都觉得自己地位不稳，毕竟他们在一起太久了。卡门就这样玩弄了两个男人的感情，或许是希望这样能使圣地亚哥·布兰科来到卡门身边，很遗憾，最后却事与愿违。目前卡门对那个指挥官还是有淡淡的好感，而这个指挥官，则在寄给卡门需要的护照时便看出来了，和我此前猜想的一样。托马斯·罗哈斯还是不算糊涂，虽然没有绑架也没有游击队，但那个指挥官确实参与了这件事情，没有他，卡门就无法实施她的计划。

曾经，生活于她而言是不易的：最后一次从印度回来之后，卡门就彻底离开了父母（"是他们抛弃了我"），这还不够，就是从那时起，有很长一段时间她与圣地亚哥·布兰科几乎彻底断绝了关系。其原因就是典型的单身女人对已婚男人下了最后通牒，却遭到了男人的拒绝。卡门陷入了严重的危机，她决定在旧金山跟孩子和简姑妈住在一起，去治疗自己的伤痛。然而，她这一走竟然造成了她一生最大的不幸。她不仅失去了爱情，又因为刚进入青春期的儿子对她心有怨恨，家庭开销又多，她发现自己已经丧失了母性。就在那段时间，还发生了一件事：一天夜里三个歹徒闯入简姑妈的家中，卡门一个人，她被这三个人抓住，并遭到了强暴。轮奸，这是医生的诊断结果。一周后，卡门试图割腕自杀，是姑妈及时发现才救了她。强暴给卡门只造成了不孕的痛苦，但却多了一个不幸的人。休养了很久之后，卡门觉得智利或许是她该去的地方，毕竟墨西哥是不能回去的。与托马斯·罗哈斯的重逢便成了她的救命稻草。她不仅终于有了被爱和被保护的感觉，连维森特也好了。维森特一直跟着托马斯成长，直到有了自己的婚姻生活，也就是在那个时候，卡门觉得维森特能够有正常人的生活并且已经足够坚强了，曾经她剥夺了孩子父亲的愧疚感也终于摆脱了。智利便成了没有被历史伤痛玷污的新世界，卡门对托马斯充满无限感激。虽然她对托马斯没有当初对圣地亚哥·布兰科的那种痴迷，但她爱他，忠诚而又谨慎地爱。一开始她过得的确心满意足，托马斯似乎已经让她失去了独立性。其实不，理智告诉她并要求她在某些方面应当得过且过，只要能忘记在旧金山的黑暗日子和一切伤痛。

但是，一段时间之后，看似已经结束的艰难又来了，卡门来智利的时候，一直惦记着那个在克鲁兹将军村谋杀案中在母亲怀里吃奶的女婴，著名的私人侦探帕梅拉·霍桑的人物形象就源于此案。果不其然，想什么来什么，那个孩子被带到了卡门身边。格洛里亚·冈萨雷斯，那个意料之外的目击者，最终成了卡门的助理，和她在拉斯孔德斯的豪宅里工作，正如我想，卡门厌恶那栋房子。刚开始很顺利，但在托马斯·罗哈斯在卡查瓜海边浴场买下房子的那天起一切都变了，当时他们已经结婚六年了，在这期间，卡门从未和圣地亚哥·布兰科联系过。前面说她不喜欢那座海边别墅，就是因为她讨厌格洛里亚，讨厌她在那个房子里取代了她的地位。周末在家的时候，这位校长的床便会向这个无知的表妹、这个比他妻子小十岁的妻子的助理敞开。（作家马丁·罗夫莱多·桑切斯告诉过我，卡门痛恨帕梅拉·霍桑。）我估计就是从那时起，卡门开始朝墙上摔盘子。

后来国家危机明显好转，格洛里亚·冈萨雷斯被送回了南方，这时候托马斯已经无法消除这个年轻姑娘在自己体内孵化的这点儿嗜好。后来便是他女儿的朋友，她与父亲无声而邪恶地达成了共识，她邀请朋友到海边别墅来玩。她很清楚这样做最终会让后妈在家里无立足之地，而且想躺在这位校长怀里的女人从来不缺。卡门装作全然不知的样子，她在等，或许维森特是她等待的唯一理由。但是当美梦变成一潭死水，就会在噩梦中惊醒，卡门又想起了自己的挚爱：圣地亚哥·布兰科。她跑到墨西哥去见他，当他们重逢的时候，她告诉圣地亚哥，她不能再忍下去了。一段时间之后，他们又在法兰克福见面，他们就像才分开了一个晚上接着上一次的话题继续聊。后来，他开始去智利，每次都是以出版书为名义去见维森特，她则会帮他推广他的小说。从这一点早就能说明两人之间的关系，但我一开始竟然没有意识到。在这期间，卡门的丈夫越来越觉得愧疚，虽然他和别的女人发生关系，但他一直爱着卡门，不想失去她。这种愧疚之情让这个男人变得性情柔和、变通，甚至变得特别亲切。卡门就是这样度过了她在智利的最后三年。在麻木的日子里，她一直等待着。

后来她过了一个真真正正的主显节，就是那一天在危地马拉发生了飞机坠落事件，本来被夺走的应该是卡门的生命。这件事发生之后，卡门没有飞回智利，她去了墨西哥。生活正在向她馈赠新机会。她和圣地亚哥·布兰科在一起商量时，她借斯威夫特的话说道：我年轻的时候，觉得自己就像能跳上月球上似的。就这样，她跳了起来。圣地亚哥·布兰科告诉我说卡门想要的很简单：积累很多幸福的生活点滴。她以此来表达敬意，因为本该失去生命的她却依然有权利享受呼吸。总之，她想抓住快乐。为了让快乐成为现实，她不能继续在圣地亚哥的影响下走路、游泳或飞翔。圣地亚哥本来答应陪她去冒险，但真到了那一刻，他却无法让自己在官方世界里消失，无法舍弃在这个世界的金钱和感情。所以，她不接受这种单相思的爱情，但是她没有拒绝他对她的怜悯之心。

他们保持着原有的情谊。

她从危地马拉到墨西哥之行也是她最后一次以 C.L. 阿维拉的身份出行，正是在那里，她作出了最后的决定：她要换一个身份，结束 C.L. 阿维拉的身份。她和圣地亚哥一起去了瓦哈卡州，他在埃斯孔迪多港买了房子，而她在瓦哈卡市买了一个。她去看那座房子的时候，在花园里走了一圈，就作好决定了，圣地亚哥这么告诉我。他们立即请了一位工程师，除了把房子刷成蓝色的，还根据她的需求进行了装修。他们需要彼此离得近一点，能见面，能一起说说话。两个人把日子都定好了，就在 11 月中旬，维森特结婚之后的迈阿密书展。这一刻，卡门很久以前就在期待，直到蒂卡尔飞机发生坠落之后，她才作出了决定。

在迈阿密，卡门拿着新的哥伦比亚护照登上了飞往纽约的飞机，就在 1997 年 11 月末的那天晚上，那个夜晚我记忆犹新。她在纽约住了一个多月。她走进了手术室，做了所有安娜·玛利亚·罗哈斯不相信她能做得出来的事。她在寒冬中孤独地度过了圣诞节和新年，接着便通知圣地亚哥·布兰科说她准备好了：她能够克服一切挑战。于是，卡门乘船去了她的黄金国。

至于那个作家圣地亚哥·布兰科，在这段故事中他唯一面对的严肃问题就是，当这样的决定出现在 C.L. 阿维拉的心里时，当既不是他也不是托马斯·罗哈斯使她作出这样的决定时，他必须把自己的角色变成见证人。一个支持她的见证人。

后记

那天周二，也就是我介入调查的第一天，那是很久很久以前了，我当时不相信C.L.阿维拉遭到了暗杀或绑架，又或者是自杀，或者自然死亡。看着她的照片，我深感惋惜，从她的表情里我读不出任何好与坏，似乎她根本不在那张照片里。后来托马斯的下属乔治娜带我看了卡门的衣帽间后，我便有了预感，还专门了解了一下精神分裂症的分级。但是在我读了《奇怪的世界》之后，我才肯定了我一开始的想法。我常想，C.L.阿维拉到底是什么时候知道了英国商人吉姆·汤普森的事迹及其在马来西亚的结局？会不会是他使卡门产生了这种想法？直到现在我也不清楚。她在最后一本小说中提到的这个故事难道没有什么寓意吗？会不会透露出了什么信息，也就是答案？逃跑、逃离、出走、流亡，这些词开始印在了我的心里。但是猜测归猜测，不能影响案件的调查，我开始四处搜集线索。

奇怪的是，我去谈过话的所有人当中，只有一个人让我觉得讨厌，这个人居然是猜对了答案的那个，就是卡门的继女安娜·玛利亚。

和吉尔一样，我一直觉得游击队的故事就是胡说八道，但我利用借口去了墨西哥，我觉得卡门应该就在那儿。老板确实厉害：我在开篇就说了，我得到这个案子是因为我了解那片土地。墨西哥人有一个词是智利没有的：庇护。既然在政治流亡的时代墨西哥庇护了那么多人，为何不同样在精神上进行庇护，比如墨西哥对文学的庇护？学本身所经历的一样。说实话，当初我如果心有疑惑的话，当我在飞机上读完那篇采访之后便豁然开朗了，因为她借用了里戈韦塔·门楚的话，把墨西哥定义为未被发现的避难所。而我本人也有这种感受，真心的。我能够想象到墨西哥可能就是在这片土地上她最后所说的那句话：如果地球上有天堂，天堂就在这里，就在这里，就在这里。

如果从迈阿密可以带着一个被绑架的女人走陆路到达哥伦比亚，那我的猜测就不可能得到证实。所以，在托马斯·罗哈斯看来，墨西哥必然就是目的地。

我估计吉尔·欧文也知道真相，不是说卡门让她也加入了这场游戏，而是情谊使然。也许吉尔当初并不知道自己其实了解事情真相。也有可能卡门将来有一天会给她打电话说……谁知道呢。

卡门希望自己与众不同：如果这件事牵连的是画家或者音乐家，结局肯定不是这样。一个作家会留下太多线索！就像韩塞尔与葛雷特留下的面包屑。顺便说一句，吉姆·汤普森是企业家。

现在好了：无须以死亡为代价，她的故事便成功地停止了。

瓦哈卡。蓝色。颤抖。深不可测。

从一开始她所作出的选择就给我一种感觉，甚至是一种最原始的直觉，这种直觉促使我跟着圣地亚哥·布兰科来到了瓦哈卡。这几天我终于想明白了。诸位可能不明白为什么最寂静的地方是瓦哈卡而不是印度的锡金或其他地区。当我读完奥克塔维奥·帕斯的《印度札记》，我得到了一些启示。像C.L.阿维拉这类人，他们当然知道，在拥有悠久历史的社会里，虽然过去与现在之间的协调依旧悬而未决，这样的世界却充满魅力。对卡门——一个融合了不同血缘、不同祖先和文化的女性——来说，与印度相比，墨西哥的优势就在于，对她身上智利和美国薄弱的、西方的民族之根，墨西哥更加开放。富有象征性且激动人心的是，拉丁美洲特性在当下和未来的意义与价值，在墨西哥及其各地得以明确。所以，对于想要重拾民族文化历史记忆同时又想寻求在西方化和全球化社会中不可能存在的寂静和内心安宁的人来说，在墨西哥最深处，依然存在这样得天独厚的地区，比如瓦哈卡。所以，不是印度，而是墨西哥才可以保护她并允许她生活在分裂与救赎的矛盾中。

瓦哈卡群山环绕。如果墨西哥城曾经的空气最透明，那么瓦哈卡的山最多最陡，曾经是，现在也是。这使得瓦哈卡的山谷始终是一个隐居之地。西马德雷山脉和南马德雷山脉在此汇聚，圈出一个自成一体的自然环境，这就像安第斯山脉南部环抱着每一个居住在智利的我们。碧玉色和咖啡色是瓦哈卡土地的颜色，黑色是火山岩的色彩。即使瓦哈卡的庙宇、神殿和住宅有三千年历史，哪怕卡门被印第安民族深厚的根基吸引，听闻了古老的米斯特卡文明和萨波特卡文明传说，即使各种文化传统说明那里拥有异常丰富的民族多样性，拥有世界其他地方少有的魔幻性与地域性，然而我想，他们的世界观才是说服卡门最本质的因素：自然。儿时的风景是身份的一种变现形式。是任何游子希望回归的故乡。

所以，瓦哈卡人民应该翻山越岭，他们希望的是不再与世隔绝，而其他人却想走进瓦哈卡，拥抱彻底的宁静。所以，独立而宁静的灵魂让她选择了在瓦哈卡获得重生。

与卡门有关的一切都是动态的。舞蹈是一个比喻。所以……我现在坐着智利航空的班机正在飞往智利，天边的余光透进我座位旁边的窗户，我借着微光，看着放在裙子上的记事本，心想，抛弃已有的东西应该没那么容易。而她，在抛弃一切之后，在对荣誉表达了藐视之后，她跳起了最后一支舞。她如红腹锦鸡，舞姿强劲，那是寻找回家之路的舞步。我苦恼地想，我凭什么打断她的舞步？让男孩儿抢球，而让女孩儿在一旁看着，这公平吗？

  我明白，我应该做出业绩，一旦侦破此案，我在行业内的威信就会提升。而我们这行，真相是最重要且不可辩驳的。但如果勇敢追求希望的人是我，我可不想让别人揭穿我。

  我看着窗外，一抹血色略过天空，很深，很红。下一刻我本应转移视线，但不是现在，不是我眼前的这一刻，我好不容易有了十足的把握，不能再踌躇犹豫。

  我拿着本子站起身，朝卫生间走去。我把到达瓦哈卡之后的笔迹全部撕下来，一点一点撕成了碎片，扔进了废纸箱，气流会咆哮着将它们毁灭。我不应该感到不安，前方还有七个小时路程，不仅足够我书写完与圣地亚哥·布兰科的第一谈话，也足够我构思一部黑色小说了。

  然后，然后诸士世事，为虚为妄。